デナリ

ともにガンと闘い、
きみと生きた冒険の日々

ベン・ムーン
岩崎晋也 訳

&books

DENALI
A Man, a Dog, and the Friendship of a Lifetime by Ben Moon

装幀　緒方修一

デナリ

ともにガンと闘い、きみと生きた冒険の日々

CONTENTS

序章　セカンド・オピニオン

愛する人がドアから入ってきたら、それがその日五回目だったとしても、大喜びではしゃぎまわる。

——デイヴィッド・ダドリー

「この処置をしなければ、腫瘍が再発する可能性は五十パーセントを超えます」

ラッシュアワーのポートランドの街を西へ、海岸に向かって車を走らせながら、ぼくの頭のなかで医師の言葉が何度も繰りかえされる。セカンド・オピニオンを求めて受診した結果は、恐れていたなかでも最悪のものだった。

いまはとにかく海に行きたい。太平洋海岸山脈の向こうまで車を飛ばし、夏の暑さや街の息苦しさから逃れて、この現実とは思えないもやもやした気持ちを洗い流したかった。

隣には愛犬デナリが乗っている。ハスキーとピットブルのハンサムなミックス犬で、この四年半、いつもぼくのそばにいてくれた。

デナリと暮らしはじめて一年後、妻のメラニーが家を出ていき、二十五歳にしてぼくの思い描いていた未来は打ち砕かれた。やがてメラニーが戻ってこないことが確実になると、ぼくは荷物をまとめて、デナリとともに定住所を持たない車上生活を始めた。そして、オレゴン州ベンドにある登山用品メーカーで働きはじめた。アウトドア冒険写真家としての仕事を始めたのもこのころだ。

デナリは完璧なルームメイトだった。ぼくとデナリの車上生活はだいたいのところ気楽で、面倒なこともなかった。とはいえ、写真の収入だけで暮らしはじめたときには、やりくりはかなり大変で、食べる物も満足に買えず、車内の食料置き場はいつもがら空きだった。それでも騒々しい都会から離れ、自分が選んだ場所で目を覚まし、太陽の位置や天候によってその日の行動を決められるのはすばらしいことだった。太陽が魔法のような美しさを見せる時間の完璧な一枚を追い求めるうちに、息をのむほどの絶景や生涯の友に出会うこともできた。

少しまえに、ぼくは二十九歳で直腸ガンのステージ2と診断された。一般的には、もっと高齢の人たちがかかると思われている病気だ。セカンド・オピニオンを求めた医師の見解は、直腸と肛門を切除し、再発の可能性を低くする必要があるというものだった。その場合、生涯ずっと人工肛門をつけて生活することになる。一生のあいだビニール袋に大便をする生活なんてとても考えられなかった。人工肛門をつけなくても問題ないと医師が言ってくれないかと祈るような気持ちで診断を待ったが、その甲斐はなかった。

死ぬかもしれないという現実に直面して、ぼくは動顚した。アメリカ西部でクライミングやサーフィンをしながら、冒険を愛する仲間たちを撮影する生活はもう続けられなくなるだろう。デナリとずっとこうして暮らしていくことがぼくの望むすべてだった。ところが、ガンが暗闇からいきなり襲いかかってきて、ぼくの喉元をつかんだのだ。

直腸ガン。

ガンという病気になるだけでも最悪だ。そのうえ、アメリカの医療、保険業界の非情さに、ぼくは辱《はずかし》められ、心身ともに追いこまれていった。それまでは自分の命が脅かされることなど想像もしていなかった。ガンにかかる心配をする年齢でもなかったし、ましてや定年退職する年代の人たちがかかるような病気になるなんて。だがそれ以上に、直腸ガンには人前で話したくないような恥ずかしさや症状があって、そのことがまだ二十代のぼくの自尊心を傷つけた。

車の台数が減り、郊外から海岸に近い森のなかに入っていくと、気分が上向いてきた。そろそろ木々のあいだから太平洋の輝きが見えるはずだ。子供のころは、ミシガン湖がぼくの〝海〟だった。湖の南端の町グランド・ヘイヴンの近くには砂丘を登る道が通っていて、てっぺんの曲がり角から遠くを見渡せた。そこから広大な湖を眺めていると、濃いエスプレッソを飲んだように頭がすっきりとして、どんな困難でも克服できると思えたものだ。

この先にどんな闘いが待ち受けているのか、少しずつわかってきた。太平洋は自分の身にこれから起こることよりも、世界にははるかに大きな力が働いていることを思いださせてくれた。打ち寄せる波や、はるか遠くで地球をまわる月によって定められた潮の満ち引きを感じていると、若くしてガンになって死に直面していることや、ストーマ袋という重荷を一生背負って生きていく悩みなんて、たいしたことじゃないように思えてきた。

絵はがきで有名なキャノンビーチのヘイスタック・ロックのすぐ北側に車を停めた。服を脱いでハーフパンツ姿になると、デナリが心配そうに見つめていた。数日前に診断を受けてからは、ずっとぼくを目で追っている。気づかってくれているのか、ぼくが不安になると、デナリのほうが先に気づくことも多かった。砂浜を走り、海に入っていく。一歩ごとにショックが体を揺さぶった。一度ストーマ袋をつけたら、ぼくの体は元には戻らない。そんなことを考えるぼくに、デナリは歩調を合わせてついてきた。

潮の流れに腰のあたりをとられて歩いては進めなくなったので、摂氏十度の凍るような海水に頭から飛びこんだ。すっきりして海面に顔を出すとデナリはまだ横にいて、もう背が立たない深さなのに頑張って泳いでいる。冷たい海水の洗礼に肌がひりひりした。静かに立ちあがって輝く水平線を見つめているうちに、絶望はゆっくりと決意へと変わっていった。

前方に大きな波がいくつか現れた。最初の波が近づいてくると、デナリはいまいる場所が安全ではないと気づいたようで目を大きく見開いた。向きを変えて必死で岸に向かって泳いでいく。恐怖にとらわれているはずなのに、その動きは波と完全にシンクロしていて、波に捕まるたび、ネズミイルカのように優雅に顔を海中に沈めては浮かびを繰りかえした。どこまでも続く鏡のような海面を泳ぎきり、デナリは浅瀬までたどり着いた。

これがデナリのはじめての波乗りになった。ぼくは嬉しくなって思わず声をあげて笑った。そのとき、とても大事なことに気づかされた。人生に予想外の波が押し寄せてきたとき、ぼくたちにそれと闘う力はない。自分のことはすべて自分で決めるという意識を捨てて、ときにはただ波に身を任せるしかないこともあるのだ、と。

ストーマ袋をつけてもクライミングはできるだろうか。波に乗れるだろうか。女性を愛せるだろうか。抱きしめると、デナリは自信満々の様子でぼくを見上げてきた。その目を見ていると、きっとこの苦難を乗りこえられるという希望が湧いてきた。

ありがとう、デナリ。この波を一緒に乗りこえよう。

第一章　デナリとの出会い

なんといっても、犬は人が成長する支えになる。生きることにつきまとう不安を癒やし、愛や友情についての大切なことや、よりよい人間になるための方法を教えてくれる。

――デイヴィッド・ダドリー

ミシガン州のグランド・バレー州立大学でスポーツ医学を学んで卒業したあと、ぼくはメラニーと結婚し、ほどなくして五大湖地方からオレゴン州に移り住んだ。ぼくは二十三歳と若く、メラニーは二十歳だった。どちらも西海岸に行ったことはなかったが、太平洋岸北西部のオレゴンの山々や人里離れた海辺の魅力は、ぼくたちが中西部を離れる十分な理由になるように思えた。

ふたりで最初に暮らしたのは地元でいちばん好きな町、ミシガン湖のほとりのグランド・ヘイヴンだった。ぼくが生まれ育ち、はじめてサーフィンをした場所だ。ところがすぐに、ぼくは雑誌でしか見たことのない、岩場でクライミングができる土地で生活してみたいと思うようになった。太平洋岸北西部のガイドブックを眺めては、山並みのすばらしさやクライミングに適した岩壁の豊富さ、そこでのアウトドアライフを想像し、西部に移り住んで、まだガイドブックでしか知らない山々や太平洋に実際に触れ、冒険することを夢見るようになっていた。

結婚して数か月がたったころ、昔からの友人がオレゴン州アロアに引っ越した。ハワイ語の「アロハ（*Aloha*）」とつづりは同じなのに、南国らしいところはなく、ビーバートンとヒルズボロというふたつの都市に挟まれた、チェーン店や自動車販売店ばかりが立ち並ぶポートランド郊外の街だ。その友人と電話をしているとき、いつか西部に移りたいと思っていることを話すと、彼は自分のアパートメントのひと部屋を貸そうと言ってくれた。ぼくはずっと想像してきた地に移り住む、またとない機会が訪れたと思った。

メラニーとぼくはすぐに荷物をまとめ、国道31号線で南に向かった。シカゴの郊外を通りすぎて、今度は長くまっすぐな州間高速道路94号線に乗って北西に進み、ノースダコタ州のうすら寒い平原を抜けて、その晩はモンタナ州ボーズマンに泊まった。

西部の人たちの優しさや息をのむような眺望の美しさに、歓迎されているように感じてほっとした。アイダホ州コー・ダリーンの風景を畏敬の念を抱きつつ眺めた。そのあと、ワシントン州のリッツヴィルといううさびれた町まで来たところで、車の電気系統が壊れてパワーステアリングが効かなくなった。ライトの調子もおかしい。週末だったから、町の修理工場に何軒も電話をかけてようやく修理工と話がつき、翌朝に部品を交換してもらえることになった。町はずれの食堂で食事をしていると、ウェイターに行き先を聞かれた。「ポートランドだよ！」活気のない息が詰まるような中西部から脱出できる興奮で、ぼくの声ははずんでいた。「おれもこの町から出たいよ。だけど無理なんだ」そう言って、ウェイターは肩を落とした。ぼくは彼がすでに人生をあきらめてしまっていることに驚いた。地元の工場に就職して、実家の隣に部屋を借りた同級生たちのことを思いだした。

ガタガタと鳴る車でウィラメット川にかかるポートランド北西部のマーカム・ブリッジを渡ったときには、すでに夜になっていて、厚い霧が低く街を覆っていた。道端の標識には「オレゴン州へようこそ」と書かれていた。はじめてのポートランドはじめじめした雰囲気だったが、ぼくの心は晴れやかだった。

アロアで過ごした最初の三週間、太陽はずっと姿を現さなかった。日も射さないこの街を、いったい誰がアロアなんて名づけたのだろう。ある朝、友人のアパートメントのそばのキャニオン・ロードからダウンタウンに向かっていると、日の光の筋が薄暗い街に射し、雪をいただいたフッド山が目の前に現れた。この街に住んでひと月がたとうとしていたが、これほど近くに山があるとは知らなかった。そのまぶしい斜面でスノーボードをしたり、山頂に登ったりすることを思うと心が躍《おど》った。

その翌週、立ち寄ったアウトドア用品店のカウンターに、スミスロック州立公園のガイドブックが置いてあった。それをぱらぱらとめくったあと、店のオーナーに尋ねた。

「クライミングによさそうなところだね。ここから近いのかな。登るならどの季節がいいだろう？」

「いいところだよ。南東に三時間行ったところだ。雪さえ降っていなけりゃ、いつだって登れる」

興味を覚えて、そのガイドブックを買った。メラニーに見せると、ぜひ行ってみようという話になり、ぼくたちは三時間ドライブしてカスケード山脈を越え、夜遅くにスミスロック州立公園に到着した。空は厚い雲に覆われ、あたりは完全に闇に閉ざされていた。テントを設営しているとき、近くになにか巨大な存在が感じられて想像がかきたてられたが、何も見えなかった。その晩は、明日本格的なクライミングエリアを冒険する高揚感でよく眠れなかった。五大湖地方ではこんな経験はなかなかできない。標高の高い砂漠の空気には、なじみのないセージのにおいと、よく知っているはずの心を落ち着かなくさせるにおいが混じっていた。あとになって、そのにおいのもとはネズの実だとわかった。だがそのときは昔、母が拾ってきた猫がぼくのベッドやクローゼットの隅でおしっこをしたときのにおいを思いだしただけだった。

明け方に、用を足そうとテントのファスナーを開けて外へ出た。すると、目に飛びこんできた圧倒的な光景に、尿意など吹き飛んでしまった。キャンプ場を円形劇場のように囲む赤みがかった岩山の壮観を、ぼくは自分のなかに取りこもうとした。まだ暗い朝日を頼りに、峡谷の底を蛇行しながら流れていく川を見下ろし、切りたった壁面を登るラインを探そうとした。気分が高まり、同時にいくらか気後れして吐き気を覚えた。溶結凝灰岩でできた火山の壁面は、それまでにぼくが訪れ、登ろうとしたどの場所よりも壮大だった。

岩のひび割れた裂け目《クラック》を利用する〝伝統的《トラッド》〟なクラック・クライミングでは、平行に走る裂け目に挟んで墜落を防ぐ支点にする〝カム〟や、小さなアルミニウム製の器具で、狭い裂け目に打ちこむ〝ナッツ〟を使うのが一般的だ。そして登ったあとに器具をすべて回収する。一方、スポート・クライミングでは、壁面の小さな角や窪みを頼りにする。カムやナッツを打ちこめるような裂け目はなく、岩壁にすでに固定されている支点で安全を確保する。壁面にあらかじめ打ちこまれたボルトに、〝クイックドロー〟と呼ばれるスリング（紐）でふたつのカラビナ（開閉できる部品がついた金属のリング）をつないだものをかけて、そこにロープを通して落下を防ぐ。壁面全体にこうした人工的な支点が、一メートルから六メートルほどの間隔で設置されている。最後にロープを通したボルトから一・五メートル上を登っているときに失敗したとしても、真下のボルトから一・五メートルほどのところで止まるから、落下するのはせいぜい三メートルほどだ。

垂直に切りたった崖を登る感覚を知るために、あまり難しくないルートをいくつか試した。すると、クライミング・ルートの難易度が少し上がるだけでもずいぶん登りにくくなること、クイックドローをかけるボルト同士が、それまで経験したことがないほど離れていることがわかった。つぎのボルトにクイックドローをかける足場を確保したときに、自分の足がその前の支点から、自分の身長かそれ以上高い位置にくるのだ。つまり、前のボルトから三メートルは登っているから、失敗したら六メートルも落下することになる。ぼくは壁面に入った細い筋に差しこむ指先に力を込め、つま先をさらに壁に寄せ、体の重みでいまにも崩れてしまいそうに思える小さな岩の塊から、クライミングシューズのゴム底が滑り落ちないようにと願った。上に見える支点を目指すことに集中しすぎてボルトをひとつ抜かしてしまうこともあった。体に巻いたハーネスの結び目と、ずいぶん遠くなってしまったひとつ手前の支点とのあいだでぶらぶらと垂れているロープを見て、恐ろしさに震えた。深呼吸をして、感覚のなくなった指で支点にロープを通して、ようやくひと息ついた。西部に越してきたのは、こういう経験をするためなんだ。そのときから、スミスロック州立公園のクライミングエリアは、ぼくにとってとても大切な場所になった。

メラニーとの結婚生活やオレゴンの新しい部屋に慣れてくると、犬を飼いたいと思うようになった。犬の本を眺めては、アウトドアに適した犬種を調べたりしていたが、ロッククライミングをしたり、西部のビーチや砂漠を探検して生活できるようになるまでは、犬を飼うのは時期尚早だとも思っていた。都市生活は犬に適していない。犬が自由を感じられる場所に住めるようになるまで待たないと。空気がきれいで、犬が走りまわれる広さがあって、車がそれほど走っていなくて、放し飼い禁止条例のない場所で……一日中犬と一緒にいられるような生活を手に入れるまでは。

十一月のある日曜日、近所の動物保護施設に行こうとメラニーに誘われた。犬を飼えるようになったときのためにどんな犬種がいるのか調べてみよう、と。行かないほうがいいという心の声を打ち消して、ぼくは〈ボニー・L・ヘイズ・アニマルシェルター〉に一緒に行った。寒々しいコンクリートの通路を歩いていると、鳴いたり吠えたりしている犬たちの騒々しさに圧倒された。通路の右側にはまだ目の見えない子犬たちががたがいに重なりあうようにして這いまわり、左側からは捨てられた成犬たちが恨めしそうにこちらを見つめている。ぼくはたちまちその場の絶望と、消毒剤の鼻をつくにおいに打ちのめされてしまった。この悲しい場所から逃げだすことしか考えられなくなった。出口を探して、ケージの並んだ通路を急いで通りぬけようとした。

そのときだった。静かな視線を感じて、思わず足が止まった。ぼくの目の高さのケージに子犬が一匹だけで入れられていて、すわってぼくをじっと見ている。何か問いたげな、静かな存在感にぼくははっとし、心が動きを取りもどした。そうした感覚に驚きながらも、子犬の前を通りすぎようとした。すると、そのケージのほうからはっきりと、「キューン」と鳴き声が聞こえた。ぼくに直接話しかけているのだ。このわずかな時間に芽生えた心のつながりに気づかずに、ぼくが通りすぎてしまうのを止めようとしている。

ぼくはため息をつき、子犬のほうを見た。

「わかったよ、話したいことがあるなら話してごらん」

毛色は茶と黒で、額に左右対称のしるしがついており、目はアイラインを引いたように縁どられている。子犬は前足を上げ、ケージの柵の向こうから両足をこちらに差しだして、ぼくを近くに引き寄せた。

やっと気づいてくれた。

子犬がそう語りかけてきたように感じた。そうして完全にぼくの気を引くと、首をかしげ、柔らかそうな耳を片側に倒して、茶色の瞳でぼくの目をじっとのぞきこんだ。

ここから連れ出してくれないかな。ここの臭いと騒々しさにはうんざりなんだ。

その落ち着きはらった視線には、やがてぼくがよく知ることになる大人びた性質がすでに感じられた。

ぼくは思わず、ケージについた名札を見た。

ブルックリン
ラブラドール／ピットブル　ミックス
オス／八週間

よかった、この子犬は条件が合わない。ぼくはほっとした。飼おうとしていたのはメスだったし、ピットブル・テリアは候補にさえ入っていなかったからだ。ところがそこに立っていると、たしかな心のつながりが生まれている気がして心が揺れた。シェルターの係員に声をかけると、このブルックリンという子犬のことを教えてくれた。

「このオスには数多くの問い合わせを受けています。幸いにもここにはあまり長くいないでしょう。生後六週間のとき、ある女性が近所から譲りうけたのですが、たった二週間で手に負えなくなってここへ連れてきたんです」

「ピットブルの血が入っている影響はありませんか？ それに、オス犬のほうが攻撃的ですよね」この子犬を飼わなくてもいいという口実が見つかるかもしれないと思って尋ねてみた。

「ピットブルのミックス犬はすばらしいペットになりますよ。それに、去勢してきちんとトレーニングをすれば、攻撃的な性格になることはありません。この子の母親はピットブルです。父親はラブラドール・レトリバーと書かれていますが、ほんとうはわかっていないんです。遊び場に連れていって、仲良くなれるかどうか試してみますか？」

ぼくはうなずき、別室にいたメラニーのところへ子犬と一緒に行った。扉を閉めてリードをはずすと、小さなブルックリンはコンクリートの床を走りまわり、メラニーと係員のわきをすり抜けてぼくの足元でピタッと止まった。そして仰向けに寝ころがり、脚を大きく広げて、きっと忠実な友達になれるという自信にあふれた瞳でぼくを見上げた。靴ひもにしゃぶりつく子犬の姿を見ていると、ぼくたちは一緒にいる運命なんだという揺るぎない気持ちが心の底から湧きあがってきた。それまでのためらいは消えてなくなり、ぼくはこの毛むくじゃらの生き物とこの先何年も一緒に暮らしていくのだと確信していた。

子供のころに住んでいたのはミシガン州の人里離れた森のなかの一軒家で、食べ物は家族で育て、電気も自家発電していた。家族で飼っていた犬は頼りになる冒険の相棒で、気持ちを伝えあえる友達だった。犬と一緒に暮らしたその時期に、ぼくはひとりでいることや、自然のなかで過ごすことが好きになった。

家族で教会に行ったことはなかったが、その代わり、日曜の午前と水曜の晩になるとあちこちの家で行われる会合に出席し、信仰の基礎となるキリストの教えを学んだ。だが、両親は以前はちがう教団に属していた。

母と父は二十代のはじめのころ、コロラド州で〈神の子供たち〉という教団の分派の集会で出会い、三週間後に結婚した。教団に入るとすぐに、すべての財産を教祖に捧げるように要求された。両親は、教団のパンフレットを配りながら寄付を募り、着ている服のほかはほとんど何も持たずに、アラバマ州、アリゾナ州、テキサス州、ルイジアナ州と南部の諸州を放浪した。

教団に入信して一年後、ふたりは教義に疑問を抱き、洗脳から逃れて父の故郷、ミシガン州に戻った。しばらくあちこちを転々としたあと、父の両親から借金をして州西部の森のなかの土地を二十エーカー買った。教団を去ったときにはぼくはまだ赤ん坊だったから、その森で暮らしはじめるまえのことはほとんど記憶にないが、出生証明書には今でも教団にいたころのしるしが残っている。現在のミドルネームのロバートという文字のすぐ上に、教団に与えられた出生時のミドルネーム、シーズという名が線で消されているからだ。両親はしばらく宗教的な組織に近づかないようにしていたが、特定の宗派に属さず各地を旅している聖職者たちと出会って以来、また信仰を取りもどした。

メラニーの家族も同じように無宗派でキリストの教えを学んでいる仲間で、ぼくのことも知りあってすぐに受けいれてくれた。

ぼくは繊細な子供だった。しかもその繊細さは度を超していた。母が不安を感じていると、自分も同じように不安を感じた。脊柱側弯《そくわん》症のために姿勢が悪かったのだが、そうなったのも恥ずかしがり屋で、いつも目立たないように体をすぼめていたことが原因かもしれない。

八歳のころはよく胸が痛くなった。肋骨のあいだの筋肉が痛くて我慢できず、何度も病院に行った。ところが何度診てもらっても、医師はどこも悪いところはないと言った。幼いころからずっと感じてきた不安までは診察してもらえなかった。

小学三年生のときは戦争の話が恐かった。一九七〇年代後半のことで、当時は米ソ冷戦に関する話や父のベトナム戦争の体験がよく夕食時の話題にのぼった。父は徴兵されて入隊し、将校のもとで製図工として働いていた。だから戦闘員ではなかったのだが、それでも父の語る戦争は恐ろしいものだった。ぼくは戦争とか死といった話題をよく理解しないまま、恐れていいた。両親や妹のミランダを失ったり、自分が死んでしまったりするのではないかと心配になった。ぼくが感じとり、吸収していたのは、子供の理解を超えたものだったが、その重大さだけはわかった。

神経過敏な子供だったので、ぼくはいつでも周囲を分析し、ほかの人の感情を観察しながら自分の感情を見定め、しっかり納得してからでないと行動できなかった。自分の感情をうまく説明できないと不安になり、何もできなくなった。感情が乱れたときは、飼っている子犬の耳をそっと撫でると心が落ち着いた。犬はただ愛して支えてくれて、どう答えればいいのかわからない質問をすることはない。満ち足りたようにため息をつくところも好きだった。ぼくはよく犬の頭に自分の頭を押しあてて、静かに息をした。じっと静かに呼吸を合わせて、いつも変わらず愛してくれる相手に身を寄せていると、重苦しい気分はすぐに消えた。

最初に飼ったのは穏やかな性格のボーダー・コリーのミックス犬、ジャスタスだった。すらっとしたトラ猫のジャスパーは棲みかをたびたび変えながら森で何年も生き延び、町の路地で大きさが自分の倍はある猫とけんかしても負けなかった。それから、陽気で食べることが好きな黒いラブラドール・レトリバーのチャシー。家の裏の森をジャスタスやチャシーと歩きまわるのは楽しかった。犬は共感することや、言葉を使わないコミュニケーションがとても上手だから、犬の（そして猫の）相棒と一緒にいるときは不安や恥ずかしさを忘れて森を探検し、ルーク・スカイウォーカーになりきった。

ジャスタスは外で遊ぶのが好きで、一緒にいれば人里離れたうちの森でも安心だった。母もジャスタスと一緒なら自分が見ていなくても外で遊ぶことを許してくれた。近所にはほかに家はなく、決まった遊び友達もいなかったから、ジャスタスという相棒がいることが嬉しかった。ぼくたちは松林や森を貫く小川のほとりによく宝探しに出かけた。

ジャスタスが年をとってきたころに、家族の友人のところに何匹か子犬が生まれた。ぼくは子犬を一匹、うちに連れて帰りたいと両親にせがんだ。けれども、二匹は飼えないと諭された。ジャスタスが死んだあとに、やってきたのがチェシーだ。ログハウスの建築をしていた父の同僚の女性が黒いラブラドールの子犬を譲ってくれたのだ。ぼくは天にも昇る気持ちになった。明るい性格で、柔らかい耳がだらりと垂れたチャシーは、人づきあいが苦手だった十代前半のぼくの遊び相手になって、家の裏の森に基地を作ったり、木登りに最適なホワイトオークや松の木を探したりするのにつきあってくれた。犬も家族の一員だから、家のなかに入ることも許されていた。ぼくは犬がそばにいると安心できたし、ありがたいことに、チャシーはいつもそばにいてくれた。

家で飼っていた動物はすばらしい相棒だったけれど、人間の仲間も欲しかった。学校でも仲間を作りたいと思っていた。中学時代はスポーツチームに入ることを母に禁止されていたから、読書をしたり、五年生から高校一年生まで参加していた学校のマーチングバンドで吹くトランペットの練習に力を入れたりしていた。自分に運動能力があると自覚したのは、高校二年生になってようやく母を説得し、クロスカントリーに参加したときのことだった。それまでのぼくは長いあいだ、やせっぽちのオタクで、フットボール選手に殴られたり、人とちがうという理由でいじめられたりしていたが、長距離を走ったことで、痛みや苦しみのなかで心と体を動かすことを学んだ。自分の精神的な強さを知って、大きな自信が持てた。

大学に入学して半年くらいたったころ、大学で最初に友達になった寮のルームメイト、シェリ・Gに勧められて、ボート部に入った。子供のころから何より望んでいたのは、社会に受けいれられること、共同体に参加すること、そして特別に得意な何かを持つことだった。ボート部はそのすべてを満たしてくれた。

ボート競技はきつく、かなり体力を必要とする。レースは二千メートルで行われ、強いチームだと六分を切るタイムでゴールする。最初の五百メートルを過ぎると無酸素になり、爆発しそうになったところでペースを落とす。激しい痛みと乳酸に四分間耐え、それからまたスピードを上げ、ちょうどゴールで力を使い果たすように計算して最後の五百メートルを突破する。競技中はつねに集中し、ほかのメンバーと完全に動作を合わせることが求められる。完全に集中した魔法にかかったような状態になると、ボートが自分の意志で前に進んでいるように感じられる。呼吸は楽になり、血液が酸素不足の脚に循環し、クルー全員の動きがぴたりと揃う。

チームの予算は少なかったから、大会に出場するときには飛行機ではなく、試合ごとに大型バンを借りて、十数時間もかけて移動した。毎週のように移動を繰りかえすうちに、両側に平原が広がる道を旅し、人々に会い、自分が育った場所では見られない光景に出合うことが好きになっていった。

四年間レースに出て、トレーニングをしてきたおかげで、精神的な痛みを感じても我慢できるようになり、それがぼくの強みになった。部員たちからは、精神的、肉体的な限界を超える方法を学んだ。少しでも気を抜いたら、みんなを落胆させてしまうと思えば、つらいことも我慢できた。仲間に入っているだけでなく、必要とされていると感じられた。

ボート競技によって、体は頑強になり、脊柱側弯症はあまり目立たなくなり、考えすぎることもなくなった。オールを漕ぐごとに不安や無力感を振りはらうことができた。地元のミシガン州を離れて西部に移住するという決断ができたのは、ボート競技で育まれた勇気のおかげだ。その選択をしたからこそ、ぼくはデナリとめぐりあった。そしてデナリとの友情がぼくの人間としての成長を促し、未知へと飛びだす自信を与えてくれた。


子犬との偶然の出会いのあと、アニマルシェルターの係員から、引き取るかどうかをひと晩で決めるようにと言われた。一日たってみると、あの子犬はぼくにぴったりだという思いはますます強くなっていた。メラニーは仕事に行っていたから、ひとりでもう一度シェルターへ行き、犬が安心して暮らせる環境がある、と書かれた書類にサインし、係員に渡した。家主の友人には、犬の飼育は禁止だとはっきり言われていた。なんて伝えればいいんだろう？　けれども、ぼくはすぐに自分の判断を正当化した。この毛むくじゃらの子犬に感じた気持ちを打ち消すことはできない。一緒に暮らしたい。それだけははっきりしていた。細かいことはあとで考えればいい。

家に帰る車のなかで、子犬は膝の上におとなしくすわり、ぼくを見上げていた。

ありがとう。ぼくはもう捨てられるのは嫌だ。あの場所には戻りたくない。ほんとにうるさくて恐かったんだ。

子犬がぼくの胸に体を預けてくると、心に愛おしさがあふれてきた。ぼくはめったにない友情の始まりを感じていた。

そんな子犬の気持ちが伝わってくるようだった。

ぼくはその子犬をデナリと名づけた。アラスカの偉大な山からとった名前だ。〝デナリ〟とは、コユコン族の言葉で〝高い山〟を意味している。それに、ぼくが自分の人生に望んでいた〝自然の荒々しさ〟という意味もあった。

第二章　新しい暮らし

デナリが生後三か月になったとき、スミスロック州立公園の峡谷の壁面に連れていった。**ここに置きざりにするつもり？**　デナリははじめ、何をしているのか理解できずに混乱していた。うなったり吠えたりして、ぼくに降りてくるように伝えているみたいだった。何度かクライミングをすると、ようやくぼくが自分のところに戻ってくることを理解し、地面に降りていくと興奮して、全身を震わせて迎えるようになった。ぼくはデナリを抱きしめ、顔全体をなめられながら、もうひとりの人生のパートナーのことを思った。

メラニーとぼくは出会って七か月で結婚した。ある寒い春の晩、グランド・ヘイヴンのお気に入りのビーチで、暗闇のなかで彼女にプロポーズした。ただ、結婚したいという気持ちが心のどこから湧いてきたのかよくわからなかった。まるで誰かに背中をぐいっと押されたかのようだった。人生のつぎの段階に進むために必要な一歩だと感じていたのだと思う。だが、たしかな愛情がないまま結婚しても、結局はうまくいかないものなのだろう。

メラニーの一家はアウトドア派だった。それはぼくが長年やりたかったことと一致していた。ぼくの家族がスノーボードやロッククライミングや山登りをすることはなく、両親は日々の生活のことで頭がいっぱいだった。畑からの収穫高や冷蔵庫に食料がちゃんと足りているかをいつも気にしていた。父はサバイバルスキルに詳しく、狩りや釣り、それに勤勉さをぼくに教えてくれた。いまもその技術は役に立っていて、感謝しているけれど、うちにはスキー旅行に行ったり、熱帯で休暇を過ごしたりできるお金はなかった。

メラニーの母はぼくをよく褒めてくれた。関係がうまくいっていないときでも、それでいいと言ってくれたことで安心できた。高校時代に母からデートすることすら許されていなかったぼくにとって、女性とのつきあいを後押ししてもらえるのははじめてのことだった。

当時、ぼくは優秀なアスレティック・トレーナーの指導を受けて地元の病院でのインターンを終え、整形外科医について近くの高校でアスリートの健康管理をしていた。数週間のうちに、グランド・バレー州立大学の卒業とアスレティック・トレーナーの国家試験、二十三歳の誕生日、そして結婚を経験することになった。どれもストレス要因になるような出来事ばかりだ。ぼくは不安でたまらなくなり、どうしていいかわからなくなった。

幼いころからかかっている医者に診察を予約し、何も手がつかず、眠れず、胸が痛いという症状を話した。医者はすぐに不安神経症だと診断し、抗不安薬を処方してくれた。それから、メラニーが隣にいるというのに平然とこう尋ねてきた。

「間違った相手と結婚しようとしているとは思わないかい?」

あまりにあけっぴろげな質問に驚いて、言葉に詰まった。ぼくは声をあげて笑い、気まずい雰囲気を打ち消そうとして言った。「そんなこと、あるはずないでしょう」結婚の準備をしているあいだも、心のどこかで不快な音が鳴って警告していたのだが、ぼくはそれを聞こうとしなかった。恋愛経験がまるで足りないのに、何があっても結婚しようと思いこんでいた。

結婚式はメラニーが子供のころに住んでいた家の裏庭で、百人以上を招いて行われた。新郎側の参加者は、両親と妹、花婿付添人、そして子供のころからの友達でメラニーの妹に恋していた友人だけだった。

結婚後はアスレティック・トレーナーの仕事をしながら、ミシガン湖の近くにある〈アース・エッジ〉という名前のアウトドア用品店でも働いた。あのころはロッククライミングやスノーボード、マウンテンバイク、ハイキングのことばかり考えていた。新しい趣味に自由に時間を使えることが楽しくて、結婚生活のことはあまり意識していなかった。〈クライミング〉誌に載っている、自分にはほとんど不可能に思えるクライミング・シーンに息をのみ、いつかそうした場所を登りたいと空想しながら何時間もクライミング・ジムで過ごした。ウィスコンシン州のデビルズ湖ではじめてスポート・クライミングを体験し、習ったばかりの技術を使って、短いオーバーハングに挑戦したときの興奮は忘れられない。

ロッククライミングをしながら使うのに最適なカメラの紹介記事を読んでいるとき、フィルムカメラが欲しくなって、ヤシカT４を衝動買いした。そのときはわからなかったが、この好奇心がのちに大きな意味を持つことになる。

スミスロック州立公園の切りたった壁面を登っているときの自由さは、当時ぼくが直面していたもうひとつの現実、メラニーとのうまくいかない関係とはまるで対照的だった。口げんかが増え、追いこまれて孤独を感じていた。胸はやるせない気持ちでいっぱいで、どうすることもできなかった。ともかく現実の壁をよじ登り、生きていくしかなかった。西部に移住して、せっかく取得したスポーツ医学の学位を生かせる職業を探しているうちに、だんだんと蓄えはなくなっていった。募集していたのは、さびれたフィットネスクラブの短期のパーソナル・トレーナーの仕事で、ずっとアスリートに携わってきたぼくには満足できるものではなかった。

街での生活は自分に合っていないのだとわかって、不安を覚えるようになっていた。いまの仕事では自分の知識が発揮できないという不満から、十代のころに父と一緒に大工仕事をしていたことを思いだし、地元の建築現場でも働きはじめた。

太平洋岸北西部の冬は厳しく、気分はふさぎこむ一方だった。おまけにデナリは降りやむことのないポートランドの雨がぼく以上に嫌いなようで、膀胱がいっぱいになるまで決して外へ出ようとしなかった。地面がぬかるんでいると、デナリは片側の足二本を歩道に乗せ、反対側の足を少しだけ地面につけて、湿った土にできるだけ触らないようにしておしっこをした。雨ばかりの天気が好きではないことをアピールしているようだった。雨が嫌いなのは、都市での生活に慣れていないせいもあっただろう。週末にスミスロックの高地砂漠にクライミングに行くと、デナリはたちまち元気を取りもどした。

デナリはすくすくと成長し、九か月になるころには安心して山に連れていけるようになっていた。そのころ、シエラネバダ山脈のヨセミテ渓谷のすぐ南、美しい花崗岩《かこうがん》の岩山が豊富なニードルズへ招待された。その旅には、トニー・ヤニロやスー・ノットといった伝説的なクライマーや有名なロッククライミング写真家のジム・ソーンバーグも参加していた。クライミングをする尖った岩山までは毎日、登り坂を六キロも歩かなくてはならなかった。坂の後半にはよじ登って越えなくてはならない花崗岩があって、まだ小さなデナリには大変だった。はじめは登るのをためらって鳴いていたが、結局、置いてけぼりにされるよりもそれを越える方法を覚えるほうを選んだ。

ぼくはその少しまえに膝の前十字靭帯の再建手術を受けていた。膝の調子を確認する旅でもあったのだが、これがメラニーとの最後の旅行になってしまった。旅行中は、ささいなことでストレスがたまり、口げんかばかりしていた。ぼくは花崗岩の完璧な美しさに意識を向け、トニーに教わりながら、すばやく壁を登る彼についていった。ジムは、ぼくが不気味なやせ尾根を登っている姿を写真に撮りたいと言った。ほとんど手がかりのない、四角い岩が積みあがった高さ五十メートルほどの壁だった。歯を食いしばりながら登っていき、ジムはその様子をつぎつぎと撮影していった。そのうちの一枚が、のちに〈クライミング〉誌にフルページで掲載された。

街に帰ってくると、たちまち気力がすり減っていくのを感じた。大都市で仕事を見つけなければならないというストレスや、いつもお金が足りない状況で収支を合わせなければならないこと、そしてメラニーとのすれちがいに打ちのめされていた。

口論のあとは、メラニーもぼくも気持ちがふさいだ。我慢できなくなると、メラニーは行動に、ぼくは空想に逃げこんだ。ふたりとも同じクライミング・ジムで働いていたのだが、メラニーはそこの従業員で、背が高く長髪のフロント係の男に好意を持つようになっていった。ぼくとちがって、彼は気さくな性格で、ぼくにはまるで欠けているものを与えてくれる男性にメラニーが惹かれたのも無理はなかった。

デナリは子犬のころから、ぼくの気持ちの変化に敏感だった。とても目ざとく、気持ちをくみとるのが上手で、あのころはぼくと同様に不安になったのか、留守番をしているあいだに壁の幅木を噛んだり、かごを壊したりした。もしかしたら、ぼくが気づくよりもずっとまえに、デナリにはこの結婚がもう駄目になっているのが見えていたのかもしれない。

いまのぼくは、幸せは心のなかから生まれること、自分の行動に責任があるのは自分だけだと知っている。それでも、誰かに優しく触れられ、励ましの言葉をもらうことで、人生は大きく変わる。自分が誤解され、ちゃんと見てもらっていないと感じていたあのさびしい時期に、自分を保てたのはデナリがいてくれたからだ。口げんかばかりでどんなに嫌な気分になっても、気候や仕事のことでどんなに落ちこんでも、スミスロックや海岸に一緒に行くことで人間らしい気持ちを取りもどせた。デナリも街にいるときは落ち着きがなかったけれど、高地砂漠やオレゴンの海岸といった広大な自然のなかでは楽しく熱心な遊び相手になってくれた。

　ぼくはメラニーから共感を得られず、誤解されているように感じていた。それが原因でときどき声を荒らげてしまうことがあった。ぼくは自分の内側に逃げこみ、心を閉ざした。頭のなかの狭い孤独な場所で、自分の知識を生かした仕事を見つけられないことをしつこくとがめる彼女の言葉をかすかに聞いていた。

　そんなとき、デナリはそばで観察しながら、ぼくが大丈夫かどうかを確認しているようだった。森を探検していたときにジャスタスといれば安全だったように、デナリといると安心できた。デナリはオス犬らしく、がっしりとした体格で近寄りがたく見えるときがあり、あまり感情を露わにしなかった。それでも、デナリがもっと外に出て、クライミングをして体を動かせと促している気がした。実際そうすることで、頭のなかで渦巻く混乱や不安から距離をおき、メラニーとの感情的なやりとりから少しのあいだ離れることができた。

　ぼくは自分が進む人生の方向を見定めようと、自分でコントロールできるものを管理しようと決めた。家計簿をつけ、必要なものしか買わないようにした。無駄だと思ったものは、たとえメラニーが必要だと思うものでも買うことに反対したので、それが彼女の不満の種になった。ランニングシューズを買い換えたいと言って、それをぼくが認めなかったときには、クライミング・ジムの顧客にそのことを愚痴っていた。

　そんな出来事のあとで、ぼくが最初の〝本物〟のカメラを千ドルくらい（約十一万円）で買うと、メラニーはひどく怒った。中古のニコンＮ９０ｓの本体とズームレンズ二枚だった。メラニーはその出費にあきれ、ぼくが自分勝手だという意見をさらに強めたようだった。そして、このカメラを買った同じ週に、メラニーがジムの同僚と親密な関係になっていることを知った。

家族でワシントンＤ．Ｃ．にいる叔母に会いにいったことがある。ぼくは十二歳で、都会に出るのはそのときがはじめてだった。歴史的な場所や博物館を見学するうちに感動を残しておきたくなって、母からオートフォーカス・カメラを借りて、１１０《ワンテン》フィルムと呼ばれる幅十六ミリしかない小さなフィルムで生まれてはじめて写真を撮った。その旅行中に撮った写真は自分でも気に入って、〈パレード・マガジン〉の写真コンテストに送った。高校では写真の授業もあったが、家計の負担になると思ってとらなかった。あのころは〈ナショナル・ジオグラフィック〉や〈ライフ〉といった雑誌や図鑑に載っている写真をよく眺めていた。

両親から習ったことはなかったけれど、母は上手な構図で家族写真を撮っていたし、父がベトナム戦争時代に撮った写真を見るたびに、その体験に引きこまれるような気がしたものだ。ぼくが写真に興味があると知った家族の友人が、ミディアムフォーマットのポラロイドカメラをくれたこともあった。それで撮ることはなかったが、よく取りだしてはプロの写真家になった空想に浸った。そのカメラはいまも手元にある。

ぼくの写真の知識はほぼ独学で、人から教わったのは、カメラを買ったあとで友人のマット・メネリーと一緒に撮影しながら歩いた一時間だけだ。マットは写真学校を出ていて、トミー・コールドウェルなどクライマーを撮った作品を発表していたので、ぜひ彼から習いたかった。店でカメラを選んでいるときにも電話をして、はじめてのレンズは何がいいだろうかと尋ねた。マットは正しく露出する方法も教えてくれた。ぼくはその方法をいつも思いだしながら、何年もかけて自分の技術を磨いた。ポジフィルムを使った最初の一枚は、ポートランドのブロードウェイ・ブリッジからユニオン駅のタワーを撮ったものだった。その後何年か、あの橋を渡るたびに思いだしたものだ。ちょうど結婚生活が燃え尽きようとしていたときで、一瞬のフラッシュが偶然ぼくの心に火をつけたのだ。

マットとの一時間のレッスンのあと、ぼくはパイオニア・コートハウス・スクウェアまで歩いていった。二〇〇〇年十一月の大統領選挙の直後のことで、ちょうどゴアを応援する反ブッシュの集会が開かれていた。ポートランドの住民はフロリダ州での投票の再集計に怒っていた。その集会の様子を何枚か撮影し、ビーバートンに帰る途中で現像した。家に帰ると、ぼくは興奮して写真をメラニーに見せた。ところが、彼女はぼくの写真にまるで興味がなさそうだった。

その晩は夕食のあとも、はじめて感じた写真の面白さにまだ興奮していた。そのとき、メラニーがテーブルの向こうから手書きのメモをよこした。彼女が求める、ぼくに足りないもののリストだった。いままでは何も言わなかったのに、出ていこうとしているいまになって自分の気持ちを伝えてきたのだ。メモを最後まで読んだとき、ぼくは自分がひどい駄目人間のように思えて、涙をこらえなければならなかった。

メラニーのメモを読んで黙っていると、デナリはぼくの脚にもたれて、激しく呼吸しはじめた。ぼくと同じ痛みを感じているみたいだった。

大丈夫だ、ぼくがついてる。一緒にここから出ていこう。

デナリにそう促されているように感じた。

メラニーとぼくは、イースタン・シエラをめぐるクライミング旅行に出て、そのあとで高地砂漠の町ベンドに引っ越すつもりで、夏からずっと計画を立てていた。ポートランドから車で三時間半のところにあるベンドは落ち着いた雰囲気の小さな町で、中心部をデシューツ川が曲がりくねって流れ、スノーボードやマウンテンバイク、ロッククライミング、ホワイトウォーターカヤックといったサーフィン以外のさまざまなアウトドアスポーツが手軽に楽しめるところだ。ぼくは各地をまわったあと、その地でメラニーとやり直し、新たな生活を始められるのではないかと期待していた。

その日は、感謝祭の休暇でぼくの両親がミシガン州から来ることになっていた。ぼくたちは妹のミランダと、ポートランドに住んでいる彼女のボーイフレンドの手を借りて、旅に出るまえに荷物をすべてベンドの貸倉庫に移動させた。デナリは一日中だるそうだった。荷造りの作業を見て不安になったのだろうと思っていたが、もしかしたら何かよくないことが起こるという予感で調子を悪くしていたのかもしれない。

ベンドから戻ると、メラニーはぼくをアパートメントの前で車から降ろし、外泊すると告げた。反射的にぼくは結婚指輪をはずして、好きにすればいいと伝え、指輪をワゴンのダッシュボードに投げつけた。

日曜の午前、ぼくの両親は聖書を読む会に出ていたが、メラニーはさけるように車でどこかへ行ってしまった。ぼくは両親に気分が悪くて会には一緒に行けないと伝えて、木曜の感謝祭までずっと家に戻らなかった。あとで家族が集まったとき、母がメラニーはどこに行ったのかと尋ねた。それでぼくは両親に――それに自分自身にも――メラニーにはほかにつきあっている人がいると伝えなくてはならなくなった。

いまだからわかることだが、メラニーからあのリストをもっと早く見せられていても、ぼくには受けとめる度量もなかったし、誰にも頼らず自分を変える力もなかった。

何か月も楽しみにしていた旅行のために荷物はベンドに移動させてあり、大きなノースフェイスのダッフルバッグふたつ、ボルダリングマット、食料と調理道具が入った容器以外はすべて倉庫に入っていた。ぼくは旅行にさえ出発できれば、こんなことは全部ばかげた悪夢のように消えてしまうと思っていた。だがそんな希望は、感謝祭のあとの火曜日に打ち砕かれた。雨のなかの長くきつい建築現場の仕事から帰ってくると、メラニーのダッフルバッグがあった場所に「出ていきます。別れましょう」と書かれたメモがあった。

混乱しながらも現実を見すえ、すぐに近くのアパートメントを借りた。ポートランドの近くにいれば、まだメラニーとやり直せるかもしれないと思ったのだ。アパートメントは、ポートランドと海岸山脈を東西に結ぶ幹線道路、サンセット・ハイウェイ沿いの平凡なワンルームで、ベージュのカーペットにオフホワイトの壁紙、ガス暖炉がついていた。ぼくはその部屋でデナリ以外の誰にも知られずに泣き暮らした。

ぼくは持ち物も少なくがらんとした部屋に慣れようとした。デナリのごはんと水はキッチンのリノリウムの床に置いてあり、そのそばにクライミング用のスリングで作ったリードと、デナリお気に入りの自動ボール投げマシンとぼろぼろになったテニスボールがあった。リビングには、ぼくとデナリがくつろぐ折りたたみ式のナイロンのキャンプ用ソファと、デスクトップパソコンとブラウン管ディスプレイがあるきりで、部屋は妙に広く感じられた。幅七十五センチ、長さ百二十センチのクライミング用のボルダリングマットをマットレス代わりにした。毎晩眠れず、デナリを抱きしめては涙を流し、胸を裂かれるような裏切りと罪の意識にとらわれつづけた。

デナリのどっしりと構えたハスキー犬らしさに勇気づけられ、ピットブルらしい優しさを近くに感じて、ぼくは少しずつ落ち着きを取りもどしていった。まだ頭のなかはぐちゃぐちゃで、考えはまとまらなかったが、このひどい現実を受けとめ、理解しようとした。ほんの少しまえまでは、アメリカ人の多くがそうであるように、ぼくも結婚して家や家族を必ず手に入れたいと思っていた。だが、その思いは打ち砕かれた。行き止まりの道や閉鎖されたハイウェイのように途切れてしまった。

「もうぼくたちだけだ、デナリ」と、よく小さな声で言ったものだ。「ぼくとおまえだけだ」

たとえ状況は厳しくても、問題が起こったときに解決策を見つけるのは得意なほうだった。新しい部屋で会って話をしようと言うと、メラニーは応じてくれた。彼女は「いい部屋じゃない……」と少し意外そうに言った。こんな部屋を借りるお金はないはずなのに、と思ったのだろうか。やり直すために食事に誘いたかったが、それは叶わなかった。

そのあとも何度か彼女との関係を修復しようと試みたが、そのたびにぼくは傷つき、わずかに残っていた自尊心を振りしぼって、ようやくもう無理だということを受けいれた。もやもやとした痛みと混乱のなかで心のなかをのぞき、あまりにも長いあいだ、ぼくが陥っていた抑うつ状態とはじめて対峙《たいじ》することができた。

クライミング・ジムの仕事に向かいながらナショナル・パブリック・ラジオを聴いていると、オレゴン健康科学大学でうつ病の臨床試験の被験者を募集しているという情報が流れた。権威ある大学の附属病院で、四年後にぼくがガンの診断を受けることになる大学だ。おそるおそる電話をかけると、すぐに臨床試験に参加できることになった。エンドルフィンが精神疾患の治療に効果があるかどうかを調べる治験だという。精神科医の診察で、いまの精神状態と、大学時代にチームでボートを漕いでいるときは嫌な気持ちを振りはらうことができたと伝えると、メラニーとの別れが原因で抑うつ状態になっているのだろうと告げられた。医師はぼくの治験への参加を中止させ、抗うつ剤セルトラリンを処方してくれた。「よかったらこれをどうぞ。これを飲めば、元奥さんとのことも少しは楽になるでしょう」

抗うつ剤を飲むことで慣れない〝幸福〟感による罪悪感を覚えたが、ふつうの生活に戻るのには役立った。抑うつの症状を感じていない人には、この幸福感は〝ふつう〟の気分に近いのだろうが、ぼくにとっては新鮮だった。だがどんな薬よりも大きな力になったのは、デナリの耳を撫でながらその姿を眺めていることだった。ミズーリ大学の調査で、犬を撫でることは、抗うつ剤と同じくらい神経伝達物質であるセロトニンの放出を急激に高めることがわかっている。薬を飲み、デナリの変わらない友情に守られていることで、ただ生きているだけではなく、何かほかのことをしようと思えるようになった。ぼくはまた、生命の輝きを感じはじめていた。

しばらく離れていた建築現場の仕事に戻りたいと連絡すると、すぐに始めさせてくれた。事情を知っていた上司は、ありがたいことに何も聞かないでいてくれた。資格を生かせる仕事ではなかったけれど、毎日デナリを連れていけた。デナリはよく、ワゴンの後部座席のシートから開いたハッチに身を乗りだしていた。あまり交通量の多くない現場では、周囲を自由に歩かせた。

海岸山脈の現場で、デナリははじめて猫と出合った。デナリを子猫に近づけ、毛だらけのその小さな生き物のにおいをかがせてみた。すると子猫はおとなしく挨拶をするどころか、デナリの鼻先に爪をたてた。デナリは血を流しながら、逃げまわる子猫を全力で追いまわした。デナリが執拗に猫を狙うようになったのはこのときからだ。結局成功することはなかったが、デナリが猫を仕留めようと狙っていたのは間違いないと思う。

岩山でシマリスを追いかけたデナリが脚の指を折ったことがあった。動物病院に行くと、大きな猫が廊下のケージに入れられていた。前を通りすぎようとしたとき、前脚が飛びだしてきた。鳴き声が聞こえたので見ると、デナリの鼻に猫の爪痕がはっきりと残っていた。先にちょっかいを出すのはいつも猫のほうだった。

建築現場に戻ったころ、ビーバートンの〈ナイキ〉本社でもロッククライミングの指導をすることになった。ビーバートンは、自動車ロードレース選手のランス・アームストロングにちなんで、〝ランス〟と呼ばれていた場所だ。そのころ、ぼくは心の痛みから逃れるためにクライミングもハードにこなしていて、アグロ・モンキーという険しい壁を〝完登〟した。これまでにぼくが登ったいちばん難しいルートだ。難易度は5・13bで、ハイキングやクライミングに関するアメリカの格付け、別名ヨセミテ・デシマル・システムでは上級者向けのレベルとされている。当時、世界で最難関のルートには5・14dという難易度がつけられていた。

アグロ・モンキーは、スミスロック州立公園の岩だらけの渓谷から登っていくルートで、地元住民のみならず、各地のクライマー・チームが身体的、精神的耐久力を試しに訪れる場所だ。高難度の壁を登るときには、こんなルートを登れるわけがないと思うこともあった。はじめて5・13のルートを完登したこのときも、やはりそう感じたが、シューズのひもを結び、手にチョークをつけて準備をしていると、デナリがそばに来て、気持ちを落ち着かせてくれた。デナリがいてくれたことで、自分の能力を信じて、確実にできる範囲の外へと踏みだせた。ぼくが登りはじめると、デナリはその壁の下で体を丸めてぼくの戻りを待っていた。自分の身体能力をはるかに超えたチャレンジだったが、心がざわつくことはなかった。この成功体験は傷ついた心を癒やし、自分を取りもどす大きな一歩になった。

写真への情熱を感じ、初歩から学びはじめたのはメラニーが去ったあとの孤独な時期だった。写真に関する本を図書館で読みあさり、富士フイルムのベルビアとコダックのトライ－Xという二種類のフィルムでたくさん写真を撮った。そのころの作品はぎこちない家族写真や、構図の悪い風景、花のクローズアップなどだった。

メラニーと別れて数か月後、友人からカリフォルニア州のイースタン・シエラでのボルダリング旅行に誘われた。地形がすばらしく、不思議な光が見られることから、作家で植物学者のジョン・ミューアはそこを〝光の山脈〟と呼んだ。この旅での経験は心の傷を忘れさせ、写真への情熱を駆り立ててくれた。〝バターミルク・ボルダー〟と呼ばれる大きな花崗岩に当たるアルペングローの色と、片側にホワイト山地、反対側にシエラネバダ山脈が広がる壮観は、世界のまったく新しい見かたを教えてくれた。

　もちろんデナリの写真もたくさん撮った。はじめはぼくの要求に従ってしぶしぶポーズを取っていたが、そのうちに、カメラの前に立つことでぼくの興味を引くことができると気づいた。それからはもう、デナリがフレームに入っていない写真を撮るほうが難しくなった。

　その年の春の終わりに、メラニーからウェストバージニア州に引っ越し、ゴーリー川で旅行ガイドをしていると連絡があった。これで、ぼくがポートランドに残っている理由はほとんどなくなった。彼女はベンドの倉庫に残したふたりの持ち物で欲しいものがあれば、なんでも持っていっていいと言った。ぼくは倉庫の荷物をそのままにした。持ち物がどうなったのかはいまもわからない。

第三章　ダートバグとしてのこだわり

メラニーが戻ってこないことがはっきりすると、ぼくはポートランドの狭苦しい生活から抜けだすために、日射しが強く、乾いた気候の太平洋海岸山脈での仕事を探しはじめた。

数年前に登山用品メーカー〈メトリウス〉のカタログで、従業員が職場に自分の犬を連れてきて仕事をしている写真を見たことがあった。犬たちは飼い主の足元で寝そべったり、裁縫台の下でくつろいだり、機械工場を走りまわったり、近くのクライミングができる岩壁のあたりをうろついたりしていた。〈メトリウス〉は、デナリのように冒険好きな犬を飼う熱心なクライマーには理想的な職場に思えた。

ぼくは周囲にも、〈メトリウス〉のような会社で働きたいと話していた。何週間かして、〈メトリウス〉のカスタマーサービスで働いていた友人から、アウトドアスポーツの楽園、ベンドの北の郊外に本社が移転すると教えてもらった。ポートランドの雨に二年も耐えてきたあとだったので、あの天国のような高地砂漠でできる仕事なら何がなんでも逃したくなかった。

すぐに応募すると、面接に来てほしいと電話をもらった。応募者がどれくらいいたのかはわからない。室内でハーネスやボルダリングマット、ビッグウォールギアなどの素材を裁断し、つぎの縫製の工程に送りこむ仕事だという。どんなに退屈な仕事でもかまわなかった。ずっと望んでいたように生活を変えることができるし、デナリとの新たな生活を築きながら人生を考えなおすいい機会にもなる。デナリを狭いところに閉じこめている罪悪感もあった。冒険や午後休を奨励する職場だから、これからはいつもそばにいられるだろう。

採用決定の電話をもらったのは金曜日の朝のことで、街を早く去りたかったぼくは、日曜日の午後には春の終わりの光を浴びながら、妹のミランダと一緒に、残ったわずかな持ち物をワゴンに積みこんでいた。狭い荷室に持ち物を詰めていると、空気は新鮮で、希望すら感じられた。暗くなるころには、車内とルーフのカーゴボックスは隙間もないほど満杯になっていた。助手席にも、肩の高さまで物が積みあがっている。出発のとき、車に乗るように言うと、デナリはごちゃごちゃした窮屈な助手席が気に入らないらしく、運転席に丸くなった。ぼくはデナリの頭を両手でくしゃくしゃにした。ぼくの気分が高まっているのを感じたのか、デナリは首をかしげて、立ちあがってしっぽを振った。**きみのそんなに嬉しそうな顔、行き先で楽しいことがあるからなんだね。しかたない、このシートで我慢するよ。**そんな声が聞こえるようだった。デナリは全身をぶるっと震わせてから、助手席の荷物の上に這いあがり、体を丸めた。

州間高速道路84号線で東に向かうと、ポートランドから、それまでの暮らしや悩みから遠ざかり、ベイトウヒと曇りがちの湿った気候が、ポンデローザマツと乾いた高地砂漠の気候に変わっていった。空には星がまたたき、強烈な自由の感覚が体のなかから湧きあがってきた。この六か月、心はささくれ立っていたが、その重石がとれていることに気づいた。手を伸ばしてデナリの頭を探りあてると、その耳がぴんと立った。デナリも新しい冒険の始まりを感じている。ぼくはデナリにささやいた。

「デナリ、もうぼくたちだけだ。ぼくとおまえだけだ」

その晩はスカル・ホローという、地元のクライマーたちが〝グラスランド（草地）〟と呼んでいる丘で、星を見上げながら寝た。セージの茂みやネズの木の新鮮なにおいを吸いこむと、この丘のちょうど反対側の、スミスロック州立公園で垂直な壁に挑んできた日々が頭に浮かんだ。

デナリとともにぐっすりと眠り、澄んだ空気のなかで目が覚めた。ここ数年なかったほど心が静かだ。混乱した生活はもう終わり、これからアウトドアでの暮らしが始まる。ずっと夢見ていた、デナリと一緒に過ごす冒険の日々だ。

その日、高地砂漠のすがすがしい朝の空気のなかで、ぼくたちは新しい生活を始めた。

仕事初日に遅刻したくなかったので、スリーピングマットと寝袋についた火山灰を払って車に詰めこむと、一時間ほど余裕をもって車で南下し、〈メトリウス〉に向かった。南北に走る国道97号線から工場の敷地が見えてきた。古ぼけた目立たない建物がいくつか並んでいて、隣には園芸センターがあった。工場に入ると、コンピュータ制御された機械からクライミング用具、カムのアルミニウム部品が大量に吐きだされる音がして、ヒッピーの集まりか大学生の社交クラブに来たみたいに騒々しかった。

　ぼくは繊維製品を作っているフロアで裁断担当になった。クライミング用のハーネスやチョークバッグ、ボルダリングマット、そしてスポート・クライミング用のスリングやクイックドローを製造するのに必要な高強力ポリエチレン繊維のダイニーマやナイロン製の生地、ポリエステル織物、緩衝材などを裁断することになった。

〈メトリウス〉の楽しい同僚や、いつでも行けるクライミングのおかげで、メラニーと別れた後ろめたさを忘れられた。メラニーは法律的な決着をつけないまま、細かいことはぼくに任せて東部へ引っ越してしまった。離婚手続きや、共同の銀行口座や税金、車のローンの名義変更には何か月もかかった。ぼくは郡庁に行き、書類を用意した。価値のある資産はスバルのワゴンとわずかなキャンプ用品やクライミング用の道具くらいで、財産分与に関して争いはなかった。離婚してデナリを失ってしまうことなど考えられなかったし、ありがたいことにデナリはいつもぼくと一緒にいたから、そんな話は出なかった。メラニーが書類に記入し、送りかえしてくるのを何か月も待ち、ようやく離婚の法的な処理が終わるとほっとした。ただ、気持ちの面で完全に決着をつけるには十年以上の時間が必要だった。

　ボルダリング以外にもさまざまな種類のロッククライミングをしようとすると、費用はかさんでいく。カムは店頭ではひとつ五十ドルから百ドルくらいで売られている。クラック・クライミングに必要なカムのセット、〝トラッド・ラック〟をひととおり揃えるには、小指よりも小さいものから両手の幅を合わせたよりも幅広いものまで、最低でも十個は必要だ。そして、ユタ州にある赤い砂岩の砂漠、インディアンクリークがそうだが、縦に引き裂いたような長い裂け目が走る壁面が続く場所では、最大で五つ、同じサイズのカムがなくてはならない。ちゃんとしたセットを揃えるには、ふつうなら五百ドルから数千ドルくらいかかるが、ぼくは社員割引を利用して、店頭での販売価格の何分の一かで揃えることができた。それは〈メトリウス〉で働いていることの大きな恩恵のひとつだった。

できるだけ生活費を切り詰めて、カメラの機材やクライミング旅行に回そうと思っていたので、ぼくはデナリとスバルのワゴンで暮らすことにした。〝グラスランド〟に車を停めることもあったが、ほかにも多くの従業員がしていたように、〈メトリウス〉の駐車場で眠ることがいちばん多かった。

デナリはしだいに職場のほかの犬とも仲良くなった。部屋から部屋へと気楽に歩きまわれる自由さが気に入ったみたいだった。それに、ライバルもできた。とりわけラブラドール・レトリバーとニューファンドランドの黒いミックス犬のオリバーとは仲が悪かった。オリバーは少しヘラジカに似ていて、体重を支えられるのか不安になるほど脚が細かった。チョークバッグを縫製している部屋でデナリを追いかけたり、下あごを突きだしたちょっとまぬけな様子でデナリを観察したりしていた。ある日のこと、ぼくが縫製担当のリーダーのモーリーンにカスタムオーダーのことを尋ねていると、急に脚の裏側が温かくなった。ヒーターの近くに立っていたのかと思って、さっと前に移動すると、温かい液体が脚を伝った。振りむくとオリバーが片脚を上げ、ぼくにおしっこをかけていた。それから満足げに脚を下ろし、すたすたとどこかへ歩いていった。「オリバー！」ぼくが大声をあげると、デナリが隣に来て、脚のにおいをかいだ。何が起こったのかを知ると、しっぽと耳をだらりと下げた。**うそだろ、オリバーにマーキングされた？**

ぼくは車まで走っていって、おしっこまみれのジーンズを穿《は》き替え、デナリを探しに二階に戻った。すべての部屋を探してみたが見つからない。と、生地が入った大きな段ボール箱のなかで何かが動いていた。

「見つけたぞ！　さあ、行こう。シャワーを浴びないと」

ところがデナリは動かず、ぼくが近づいても目をそらしている。**まだあいつのにおいがする。どうしてオリバーなんかに。ぼくはここから出ないぞ。**明らかに怒った表情で、デナリは部屋の隅を見つめていた。

冬が来ると、車の窓の内側にまで厚く氷が張った。オレゴン州中央部の厳しい冬を車中で越えるのは無理だと友人たちは言っていたが、ぼくはそんなことはないと証明したかった。長袖の下着にフリース、分厚いダウンジャケットを着こみ、下半身を寝袋に突っこんで、毛布の束の下で震えて夜を過ごした。デナリはその毛布のなかでぼくの横に丸くなった。ぼくはデナリにぴったりくっついてぬくもりを分けあい、仮住まいの凍えるような寒さに耐えた。

これからの人生はどうなるのだろうと何度も迷い、自信を失っていたが、デナリが動じることなくそばにいてくれたおかげで、どこからか新しい展開が開けるはずだという希望を持ちつづけられた。車の居住スペースは狭く、まるで快適ではなかったけれど、そんなことは小さな犠牲でしかなかった。広さ二・三平方メートル、高さ九十センチのそのスペースにぼくらは順応していった。立って着替えることができなかったが、デナリは器用にホイール側に体をずらし、ぼくがもぞもぞと服を着るスペースを作ってくれた。寒い日には身を寄せあって夜を過ごし、暑い夏はたがいが手足を伸ばせるよう工夫した。

狭い居住スペースの利点は、起きている時間のほとんどを外での探検やロッククライミングに費やせることだった。季節によっては気温が上がるまで朝の時間をゆっくりと過ごすこともできた。このライフスタイルはぼくとデナリには合っていた。ぼくらは一心同体で、この冒険が長く続くことを願っていた。

〈メトリウス〉ではちゃんと計画を立てれば、長い旅行に出ることや九連休を取ることもできた。規則自体がそもそも緩かったのだが、ぼくはさらにそれを柔軟にして、一週間分の仕事を二日か三日でこなして、あとはデナリと冒険に出かけていた。スミスロック州立公園に行くこともあれば、お気に入りの場所にクライミング旅行に行くこともあった。

〈メトリウス〉にはさまざまな従業員がいたが、なごやかな雰囲気と自由時間の多さを気に入り、そのために低い賃金を受けいれている点はみな同じだった。工場の二階には共同の小さなキッチンがあったが、そこにあるものは勝手に食べられてしまうので、食べ物を置かないようにしていた。二十七歳の誕生日に、妹のミランダがぼくの好きなバナナのカップケーキを一ダース持ってオフィスを訪れた。幼いころのいちばん古い記憶のひとつは、祖母の家を訪れるたびにそのカップケーキを作ってもらったことだ。熟したバナナと小麦粉というシンプルな材料だったが、バターたっぷりの甘いフロスティングがかかっていて、味は最高だった。妹は祖母が亡くなって何年もしてからそのレシピを見つけだし、完全に再現した。ケーキが入った箱を二階に置いておいたら、きっとあっという間になくなってしまうだろう。いやなやつかもしれないが、ぼくは全部自分で食べたかった。ひとつだけ食べて、残りの十一個を車にこっそりしまってから仕事に戻った。

誕生日なのに、こんなにも爽やかでからっとした日なのに、なんで働いてるんだ？　そう思いながら、仕事を急いで終わらせようとした。スミスロックの岩場に行けば、火山灰がチョークをつけた指先やクライミングシューズを履いた足にしっかりと吸いつくだろう。スミスロックのなかでも有名な高難度の壁面では、硬貨みたいな小さなこぶを足で正確にとらえ、クレジットカードほどの薄い手がかりに頼らなくてはならないこともある。険しい岩を登るには自分を信じることと、滑らかな動作、そして意志が必要だ。ぼくはまだ登りきったことのない、自分の能力を少し超えた壁面の小さな手がかりを思い浮かべた。何度もそこにチャレンジすることでダンスのように滑らかな動きを体に覚えさせ、地面から頂上まで手足だけを使って登れるようになることを目指していた。

ようやく仕事から解放された。デナリはスミスロックに行くことに興奮してぼくのまわりで踊った。デナリがスバルの後部座席に飛び乗ったとき、仕上がったハーネスの部品を置いた場所を縫製担当者に伝え忘れていたことを思いだした。二階に走って戻り、数分で車に戻ってきた。車を出しながらバックミラーで後部座席を確認すると、デナリがさっと目をそらした。耳はおかしな方向に曲がっていて、しばらく目を合わせようとしない。

ミラーにアルミ箔がちらっと映った。カップケーキ！　どうやら、あの表情は罪悪感のためだったらしい。路肩に車を停め、後ろのハッチを開けると、案の定、デナリは残りの十一個のカップケーキを全部平らげていた。ぼくは怒ることも忘れて笑ってしまった。

「おまえはいい味覚をしているよ。おいしかったか。お腹の調子はどうだい？」

その晩、デナリはボウル一杯分の水を飲んだが、カップケーキを吐いて戻してしまうことはなく、調子も悪くならなかった。

数か月後、家族と一週間、メキシコのイスラ・ムヘーレスに旅行することになり、〈メトリウス〉の上司にデナリを預けた。上司にはひと月分のドッグフードが入った容器を渡していた。旅行から戻ると、ぼくは上司の部屋に行った。預かってくれた感謝を伝え、デナリの居場所を尋ねた。

「あなたの隣にいるじゃない！」彼女は笑いながら声をあげた。そばにまるまると太った犬がいたが、ぼくは気にも留めていなかった。見下ろすと、そこにいる犬は、ほっそりした腰回りや線がくっきりと入った筋肉質な脚があるはずのところが樽のように膨らんでいる。ぼくを見て大喜びし、さっきから注意を引こうとしていたのだが、ぼくはデナリにどこか似ているそのデブ犬をずっと無視していた。

ショックを抑えてどうにか声を出した。「何があったんです？」そのとき、上司の息子が部屋に入ってきて言った。

「いつもお腹を空かして食べ物を欲しがってたんだ。それでかわいそうだと思って、欲しいって言わなくなるまで食べさせたんだよ」

デナリのドッグフードが入った容器は、空になっていた。ようやく原因がわかった。一週間でひと月分の食料を食べてしまったのだ。太った相棒に挨拶しようと膝をつき、目をのぞきこんで、その勤勉さに思わず笑みがこぼれた。デナリはいつだって自分が欲しいものを手に入れる方法を知っている。それにしても、今回は少しやりすぎたようだ。

「ブートキャンプに行く必要があるな」

ぼくは半分本気で言った。その後何週間も、岩場では〝デブ犬〟とからかわれた。もともと二十七キロの体重に、七キロも余分な負担がかかっていた。そこで、関節にかかる負荷を確認しながらハイキングの距離やトレイルランを増やしていった。デナリはいつも外で遊ぶのが好きで、めったに遅れることはなかった。まる二か月かかったが、健康的な体重になり、アスリートらしい体形に戻った。

デナリには犬の友達は少なく、人と遊ぶほうが好きだった。ほかの犬が嫌いだったわけではない。たいていの犬とは仲良くしていた。けれども、人に愛嬌をふりまけば必ず頭を撫でてもらえたし、おいしいものが手に入った。デナリが人にばかりなついたのは責められない。あのかわいらしい目を見れば、誰だって何かおいしいものをあげたくなっただろう。

デナリの外向的な性格のおかげで、ぼくは数多くの友人と出会い、親しくなった。北国の犬の血を引いているためか放浪癖があり、しかも旺盛な食欲と人間好きがデナリの行動原理だったから、キャンプにいるときは、好きなものを探すためにうろつくことが多かった。

スミスロック州立公園でクライミングをしているあいだは、夜はたいてい〝グラスランド〟で過ごした。デナリは夕食の時間になるとよく姿を消した。五分で戻ってくることもあれば、二時間くらいうろついてほかのクライマーを訪ねたり、周辺を探検することもあった。といってもクライマーがたくさんいるわけではなく、道路からはかなり離れていたし、いつもちゃんと戻ってきたからあまり心配はしていなかった。

デナリがそんな冒険をしてきた翌朝、岩場でクライミングをしていると、会ったことのない人に声をかけられ、知りあうことがよくあった。

「あなたが飼い主なの？　昨日はわたしたちのところにずっといたのよ」

「昨晩、家のキャンプに訪ねてきたから、食べ残しをあげたんだ。デナリはほんとうにいい犬だ。そうだろ、デナリ？」

ぼくが自己紹介をするまえに、彼らはどれくらいデナリのことが好きか、情熱をこめて語りだした。新しい友人が膝をついて耳を撫でると、デナリはいつも「もう一枚ステーキがもらえるんならなんだってするよ」という表情を浮かべていた。それからその人はぼくのほうを向き、「ああ、ところであなたの名前は？」と尋ねるのだった。

クライミング旅行でユタ州をまわっていたとき、メープルキャニオンの小石だらけの壁面に着いた直後にも、そんな偶然の出会いがあった。朝食のあいだ、デナリは隣のキャンプのベーコンと卵のにおいに惹かれて出かけていった。ぼくはデナリを探しにいって、そこにいたジェレミーとリサのヘンゼル夫妻と話をすることになった。ふたりはトラック・キャンパーでアメリカ西部のクライミングができる場所をめぐっていた。マヤとケナイという二匹の犬を飼っていて、デナリと一緒に遊ばせてくれた。

彼らが荷物をまとめてキャンプ地を去る準備をしているあいだ、少し話をして、ふたりの好きなクライミング・ルートの〝ベータ〟――クライマーの用語で、ルートに関する情報――を教えてもらった。それからひと月ほどして、ぼくたちはスミスロックで再会した。クライミングやキャンプを一緒にし、キャンピングカーのなかで夕飯を食べながら話をした。離婚のときのつらい思い出を話せるほど打ち解けた。こうして、ジェレミーとリサは相談できる親しい友人になった。デナリは長いあいだたくさんの人々にぼくを引きあわせてくれた。なかでもこのふたりとの出会いは、そのときまさにぼくが必要としていたものだった。

その年の秋、気温がだんだんと下がってきたので、ジェレミーとリサと一緒に南下し、ユタ州のインディアンクリークの赤い砂漠の壁、カリフォルニア州のビショップやジョシュア・ツリー国立公園の花崗岩、ネバダ州のラスヴェガスのすぐ西にあるレッドロック・キャニオンをめぐった。ジェレミーとリサは才能あふれるクライマーというだけでなく魅力的な被写体で、ぼくがクライミング中に撮影しても気にしなかった。リサもカメラを持っていたので、交代で登り、写真を撮りあった。

ちょうどこのころに〈メトリウス〉の写真編集者兼マーケティング責任者で、ヨセミテやスミスロックの伝説的なクライマーでもあるブルック・サンダールと知りあった。勇気を出してブルックに写真を何枚か見せると、驚いたことに、興味を持ってくれた。熱心ではあるが未熟だったぼくを励まし、動いているクライマーを撮るときの構図や角度《アングル》についてもアドバイスをくれた。

ブルックのオフィスにも何度か遊びにいき、彼がライトボックスに置いたポジフィルムから画像を選ぶところを見せてもらった。ぼくは写真がどのように編集され、それがマーケティングや年度版のカタログにどう使われるのかを少しずつ理解していった。ブルックのところには、世界中の写真家から作品が送られてきていた。彼はグレッグ・エパーソンやジム・ソーンバーグといった当時の一流クライミング写真家の添え状や写真作品を見せてくれた。ジェレミーとリサとの旅行のあと、その旅で撮った写真をまとめてブルックに送った。すると彼は、なんとそのうちの一枚を、日本の代理店向けのカタログに使ってくれた。夕暮れの光のなか、リサがバターミルク・ボルダーのマンダラというルートを見上げている写真だ。デナリはいつも気楽にぼくの撮る写真に割りこんできていたが、はじめて雑誌に掲載されたこのときも、シャッターを押す瞬間にフレームに入りこみ、その筋肉質のお尻と上を向いたしっぽが永久に残された。デナリが堂々と写っていると必ず写真の出来がよくなったから、まったく不満はなかった。

印刷された自分の写真を見ていると、写真家としてキャリアを築くという夢が膨れあがってきたが、実現への道のりは険しそうだった。ぼくは〈パタゴニア〉のカタログに掲載されている写真が好きだった。アウトドア写真家の憧れで、一流の写真家の作品が数多く使われているこのカタログに載っていたのは、ぼくが以前、〈アース・エッジ〉というアウトドア用品店でアルバイトしていたころから追い求めてきた生活だった。〈アース・エッジ〉のオーナー、カール・タッカーは登山家だった。彼はミシガン州の田舎育ちのぼくに、アウトドアで過ごすことに時間を捧げ、山で使う技術を研ぎすまし、岩山や川、海を越えていくことに生涯をかけるという、それまで知らなかった生きかたがあることを教えてくれた。それ以来、ぼくの世界は完全に変わった。苛酷な自然のなか、電気も通わない環境で育ったから、あえて快適さから逃れようとする人々のような気持ちはなかった。ぼくが求めていたのは、自然のなかで情熱を表現すること、そして同じ考えを持った放浪者の仲間に入り、波や岩、天候がもたらすリズムに合わせて冒険をすることだった。

〈メトリウス〉で仕事をしていない時間には、旅をして撮影を続けた。気に入った写真はより分けておき、それが四十枚たまったとき、まだ実力が足りないことはわかっていたが、添え状をつけて〈パタゴニア〉の写真部門へ送った。

何週間かして、〈パタゴニア〉の写真編集長ジェーン・シーヴァートから郵便物が届いた。午後の太陽を浴びながら、デナリと車のなかにすわり、緊張しつつ封を開けた。ぼくの写真のうち四枚を〈パタゴニア〉のアーカイブに保存し、そのうち二枚を夏のヨーロッパ向けのカタログに使いたいと書かれていた。

写真への情熱が高まるにつれ、ときどき友人たちからはプロになれるんじゃないかと言われることもあったが、いつも無理だと答えていた。だが、送られてきた〈パタゴニア〉のカタログに載った写真を実際に見たとき、可能性があるのかもしれないとはじめて思えた。プロとしてやっていけるかもしれないと思ったのはそのときが最初だった。

デナリは興奮したように目を輝かせながらぼくを見ていた。カタログの写真を見ているぼくの横で、自信ありげにしっぽを振ってシートを叩いている。ジェーンやブルックがぼくの作品から何かを感じとってくれたなら、プロの写真家を目指す価値はあるかもしれない。そしてアウトドアで、デナリと一緒に放浪しながら暮らせるかもしれない。

それでも、ぼくのなかにはまだ恥ずかしがり屋の子供がいて、勇気を振りしぼってジェーンのオフィスに電話するまでには数日かかった。携帯電話からオフィスに電話をかけたが、一度は相手が応答するまえに切ってしまい、それからスミスロックの駐車場まで歩いていって再びチャレンジした。こうした恐れが克服できたのは最近のことだ。いまでは体調がいいときには、イベントやソーシャルネットワークを通じて人と深いつながりを感じることができるようになっている。

スバルのワゴンで暮らすようになって十か月がたったころ、車内に物があふれ、朝晩クライミングの用具をどけて寝場所を作らなくてはならないことに疲れて、何かほかにいい方法はないかと考えはじめた。スミスロックでクライミングをして過ごしたある一日の終わりに、あまりに疲れていたのでベンドまで戻らずに、レドモンドという町の〈ウォルマート〉の駐車場の端っこに車を停めて眠ることにした。

駐車場のすぐわきを線路が走っていることに気づかずに眠りこみ、貨物列車のいつまでも鳴り終わらない汽笛に叩き起こされた。それから夜どおし二十回ほど列車が通過し、そのたびに眠りが妨げられたが、朝までそこから動かなかった。

翌朝、寝ぼけまなこで出勤し、裁断室でその日の仕事の準備をしていると、同僚のロンが入ってきて、女性の名前と電話番号が書かれた紙を手渡した。

「デートの相手でも紹介してくれるのかい？」

「ちがうんだ」彼は笑って言った。「とにかくその番号にすぐかけてみてくれ。完璧なキャンピングカーが売りに出てて、しかも信じられないくらい安いんだ。自分で買いたいんだけど、ガールフレンドが許してくれなくてね。お買い得だよ……とにかく電話してみなよ」

ぼくは言われたとおりにした。そして、その日の午後には車を買い換えていた。

一九八七年製のフォードＥ２５０ゲッタウェイ・バン。徹底的に改造されているけれど、走行距離計は十万キロを超えていた。スバルのワゴンは、後部座席のベッドが気に入ったスキー好きの市長の息子が買ってくれた。そのベッドは裁断室で仕事中に自分で制作したものだった。ぼくらはそれから三年間、新しい車で暮らすことになった。

同じ週に、食料品店を定年退職した男性からキャンピングカーのなかをちょっと見せてほしいと言われた。

「ほんとにいいね」彼は内装を見て言った。「わたしの一九八八年のモデルと似てるよ。いくらでこれを買ったか、聞いてもかまわないかい？　わたしのは一万二千ドルだったが」

「二千七百五十ドルです」とぼくは答えた。彼の驚いた顔を見て、自分が完璧なキャンピングカーを手に入れたことを知った。〈メトリウス〉の安い給料で、ローンも組まずに夢の暮らしができるようになったのだ。これがキャンピングカー仲間との最初のやりとりで、その輪は広がって、いまではさまざまな世代の人たちと交流している。

贅沢ではないものの、ほどよい設備が揃った車だった。八十ワットのソーラーパネルに、ノートパソコンやスライドスキャナー、プリンターなどの電源にしていた六ボルトのバッテリーがふたつ。それから三十ドルで買った四百ワットのインバーター発電機があった。その発電機は、騒音が気になって冷却ファンをはずしたがそのあと何年も使えた。冷蔵庫は壊れていたので取りはずして、代わりに三段の大きな引きだしを設置して食料品を入れた。自己流の理論で卵は冷やさなくてもいいと信じていたから、キャンピングカーで暮らしていたあいだずっと、週に二十四個の卵を食べてタンパク源にし、一度も体調を崩さなかった。

バーナーが三つついたプロパンガスのコンロと、ヒーターもあった。冬の長く寒い夜、とくに標高が高い砂漠地帯では夜になると気温が下がるので重宝した。友人たちは夜六時になると眠ってしまうことが多かったが、ぼくは八時間か九時間眠ると目が覚めてしまうので、デナリと身を寄せあって本を読んで夜更かししたり、借りてきた映画を観たりした。当時はスマートフォンもなかったから、いまより長くゆったりとした時間を過ごすことができた。

ぼくたちのキャンピングカーは決まった住所を持たず、各地をまわる貧乏な登山好き（彼らは〝ダートバグ〟と呼ばれる）用というよりは、定年退職をした人が住む小型のトレーラーハウスのようだった。だからたいていは穏やかに暮らせたのだが、問題が起きたこともあった。はじめて〈メトリウス〉の撮影会に参加したときのことだ。このチャンスに遅刻してはいけないと、まえの晩に会場となるクライミング・ジムに行って、駐車場に車を停めた。お金をもらって撮影ができるということに興奮していた。

眠る準備をして、車内の照明を暗くした。いつものように〈パタゴニア〉のボクサーブリーフ一枚という格好で、再読中の『指輪物語』を持ってベッドに入った。寒かったのでヒーターを強くして、腕の下に丸まったデナリと体をくっつけていた。狭い車内が暖まってきたところで、デナリが水を飲むためにベッドから下りた。

デナリの足が床についたとたん、激しくドアを叩く音が聞こえた。懐中電灯のような光がカーテンのわきから射しこみ、車を囲んであらゆる方向から照らしている。

拡声器から声が聞こえてきた。

「ベンド警察だ。車の外へ出なさい」

面食らって、鼓動が激しくなり、何か法律違反をしただろうかと考えた。できるだけ急いで服を着たが、なかなかドアが開かないので外の警察官は怒ったらしく、ますますしつこくドアを叩きつづける。

「早くしなさい。両手を挙げて出てきて!」

「はいはい、いま行きますよ」ぼくは小声で言い、デナリは外の侵略者に向かってうなった。ロックをはずすとすぐにドアが開けられ、ぼくは手首を引っぱられ、ほとんど寝ころがるように外に引きずりだされた。デナリがまた抗議のうなり声をあげた。

「ほかに誰かいるの？」女性警察官は怒鳴った。

「犬とぼくだけです」

その警察官は残りの四人にぼくを預け、キャンピングカーに乗りこんだ。五人目が暗がりから現れ、ぼくの両足を蹴って開かせ、ボディチェックをした。少なくとも三台はパトカーがいる。

「ぼくが何をしたっていうんですか？」

「近隣住民からの通報よ。怪しい車が停まっていて、なかで口論しているって」

ぼくの車が停まっているのを見た周辺の住民が、怪しい車を追いだすために通報したのだろうと思い、苦笑いした。見たことのない車だから、余計に警戒したのだろう。

最初の警察官が車から出てきて、穏やかに言った。「とっても居心地がいい車ね」

「ちょうど掃除をしておいてよかった」ぼくは冷淡に言った。

「もう行っていいわ」

「そうですか、そりゃどうも」ぼくはつぶやき、どうして近隣住民もこの警察官もぼくがトラブルメーカーだと考えたのだろうと思った。自分の望みどおりのこの小さな家に暮らしているだけなのに。

記憶が正しければ、このときの撮影会ではたった百五十ドルとフィルム、現像代をもらっただけだったが、いい経験になった。古いニコンＮ９０ｓでは、スタジオのライトにうまくピントが合わせられず、ほとんどの写真がピンぼけしてしまっていた。いまのデジタルカメラやソニーのミラーレスカメラならすぐに失敗に気づけるが、当時はカメラを構えながら、うまく撮れているかどうかを確認することはできなかったのだ。

それでも、現像所から届いた包みをあけて、ライトボックスの上でポジフィルムをはじめてのぞきこむ興奮は、スマートフォンが当たり前になり、欲しいものがすぐに手に入る現在ではなかなか味わえないものだった。

ぼくの写真に可能性があると判断した〈メトリウス〉の写真編集者のブルックは、ほかのブランドとの仕事を探すために、〈アウトドア・リテイラー・ショー〉に参加したらどうかと勧めてくれた。当時はソルトレイクシティで、いまではデンバーで開催されている大規模な展示会で、アウトドア業界のさまざまなブランドが参加する一大イベントだ。規模の大きさに圧倒されたが、これは写真家としてキャリアを築くためのチャンスだと思った。展示会からの帰り道、ぼくはいまが分かれ道だと感じた。デナリと一緒に、バチェラー山の近くのトゥマロ山の頂に登って腰を下ろし、周囲の山々を眺めた。ぼくは自分の考えを声に出して、デナリにつぎはどの方向に進めばいいと思うか尋ねた。

「ディー、〈メトリウス〉を辞めるべきかな。写真の仕事でぼくたちは食べていけるだろうか。〈メトリウス〉が出してくれる職業訓練の補助金で、写真の学校に行こうか。ブルックス写真大学は学費が十万ドルくらいかかるから、とてもやり通せないだろうな」

ふと下を見ると、近くにタカの羽根が落ちていた。それを拾いあげて、ぼくはデナリのほうを見て言った。

「なあ相棒、飛ぶ準備はできてるかい？　ともかくやってみよう！」

デナリはぼくに身を寄せた。その仕草はこの先どんなことがあっても離れないと言ってくれているようだった。

行こう。ぼくは毎日きみと自然のなかで過ごせたら満足だ。あとは、車にたくさんのおやつがあればね。

デナリはしっぽを振ると、ぼくを見上げてから山道を駆けおりていった。その道の先に広がっているのは、何が起こるか予測のつかない未来だ。

そのあと、〈メトリウス〉に立ち寄って二時間ほど仕事をしていると、上司のオフィスに呼ばれた。

「あなたが写真にすごく興味を持っていることは知ってるわ。すばらしいことだと思ってる。じつを言うとね、何人かを解雇しなければならないの。あなた、辞める意思はある？」

あまりのタイミングのよさに驚き、しばらく口がきけなかった。〈メトリウス〉で一年半働いてきたけれど、ぼくの未来はここにはなかった。写真や冒険に惹かれながらも、不透明な将来への不安もあった。これこそまさに、ぼくが必要としていたひと押し、新しい生活への優しい、だがはっきりとした誘いだった。

「はい。いまは写真で力を試してみたいんです」

ぼくは彼女とハグを交わし、そこで過ごした時間に感謝して別れを告げた。デナリは何かがいつもとちがうと察知したのか、ぼくが職場にあった荷物を車に乗せているあいだじゅう、駐車場の倉庫のまわりをせわしなく走りまわっていた。北を目指し、カナダのブリティッシュ・コロンビア州スコーミッシュに行くことは決めていたが、その先の予定は真っ白だった。わかっているのは、前方に開《ひら》けた道から呼ぶ声に向かって進んでいるということだけだった。

毎年夏になると、西海岸のロッククライマーたちは州間高速道路5号線を北上する。シアトルやベリンハムを通りすぎてカナダに入り、ピース・アーチ州立公園を越えてバンクーバーの都市部に達すると、景色の美しいシートゥスカイ・ハイウェイを北に進み、スコーミッシュ、ウィスラー、ペンバートンといった行楽地にたどり着く。その最初の町、スコーミッシュはクライマーの楽園で、そこにはハウサウンドの海を見下ろす七百二メートルの花崗岩の壁、スタワマスチーフがそびえている。ふもとの森にも、クライミングに適した巨石がいくつもある。三方を海に囲まれた〝スピット〟と呼ばれる細長い人工の半島が、自然豊かな入り江からスタワマスチーフの絶景のそばの海峡まで延びている。カイトサーフィンが流行して、スピットがそのスタート地点として人気になるまえの数年間は、ひとりで一日中クライミングをしたあと、キャンピングカーを停めて、デナリと一緒にキャンプをするのに最高の場所だった。

毎朝、ぼくは車のサイドドアを開けて、日光と新鮮な海風にあたって、ゆっくりと体を温めたものだ。海鳥の歌とアシカの声のほかは何も聞こえず、朝の太陽を浴びながらデナリを自由に歩きまわらせた。ある朝、心穏やかに瞑想していると、デナリがベッドに飛び乗ってきた。「どうした」と言い終わらないうちに、その毛から発散しているひどい臭いに吐きそうになった。

「ベッドから下りろ！」

どうにか吐き気をこらえて言い、ジーンズを穿いた。急いで町に住んでいる友人の家の庭へ行き、デナリにホースで水をかけた。ドクターブロナーの石けんでごしごし洗っていると、友人は笑って言った。

「シーズンなのよ。今年は秋のキングサーモンの遡上が多くて。うちの犬たちはサーモンの死骸とまみれて遊んでるわ」

デナリはすねていたが、ペパーミント・ソープを泡立てて腐った魚の臭いを落とすあいだ、じっと我慢しておとなしくしていた。同じことが二日続いたので、それからは朝デナリを見張っていられるくらいしっかりと目が覚めるまで、車のドアを開け放つのはやめた。運よく、サーモンの死骸についている寄生虫とは接触しなかったようだ。毎年それで、太平洋岸北西部では多くの犬が死んでいる。

ぼくとデナリは贅沢をせず、冒険を追い求める仲間たちと行く先々で会ったり別れたりしながら緩やかなつながりを保つライフスタイルに落ち着き、アメリカ西部を旅してまわり、岩山を登ったりサーフィンをしたりした。〝ダートバグ〟とは、暮らしの快適さや決まった給料を受けとる安心感や持ち家などよりも、アウトドアで過ごす時間を大切にする人々に対する称賛をこめた呼び名だ。さまざまな面で、シンプルで気楽な暮らしができるが、それなりに大変なこともある。〝ビッグブルー〟と名づけたぼくのキャンピングカーを停められる静かな場所を探すのは、毎日ひと苦労だった。安定した収入もなく、稼ぎは新米フリーランス・カメラマンとしてのわずかな印税だけで、車の燃料や、フィルムと現像の費用、ぼくとデナリの食費をまかなうのは大変だった。

それでも、うるさい都会から遠く離れた、自分が選んだ場所で目を覚まし、その日の天候しだいで何をするかを決める生活は魅力的だった。日が短い秋になると南へ向かった。レッドロック・キャニオンや、アリゾナ州北西部の端の高速道路のすぐそばにある、石灰岩のクライミングエリア——バージンリバー峡谷やエルポトレルチコ、ジョシュア・ツリー国立公園、ビショップといった場所だ。早い時間からキャンプファイヤーを焚き、朝は暖かくなる時間までゆっくりと睡眠をとった。携帯電話の通信エリアが山奥まで広がるまえ、そしていまのように高性能で小型のノートパソコンでいつでも情報が確認できるまえの数年間は、最高に幸せな時代だった。メールのチェックは各地の図書館でしていて、そのついでに、冬至のころには午後四時ごろから始まる長い夜をともに過ごす本を借りられた。

キャンプ仲間は夕食が終わるとすぐに、テントのなかの暖かい寝袋に潜りこんだが、ビッグブルーにはヒーターがあったから、ぼくは暖房をつけて本を読み、少なくとも夜九時くらいまでは起きていた。ときどき、六人くらいのクライマーをキャンピングカーに呼んでディナーパーティをした。デナリは床を歩きまわっておこぼれを頂戴し、頭を撫でてもらったりテーブルの下から食べ物を分けてもらったりした。

人を招き、ノートパソコンを十七インチのアップル・シネマ・ディスプレイにつないで映画を観ることもあった。正方形に近い、派手な透明のプラスティックで囲われたモニターで、音はステレオシステムから出した。みんなでベッドにぎゅう詰めになり、そこにデナリも入ってくると、とても幸せな気分だった。映画の途中で休憩をとり、外に出て星を眺めて体を楽にして、また暖かいベッドに戻って最後まで観た。バッテリーが残り少なくなったら、誰かのキャンピングカーから電源を持ってきて、それもないときは解散した。

春になると、北への移動が始まる。ビショップのシーズンは四月で終わり、インディアンクリークの縦に裂けたクラックや砂岩ともお別れだ。スミスロックは六月下旬まで、日陰を選んで登ることができた。真夏になると難しい壁面を登るには暑すぎるので、ぼくや仲間たちはカナダの国境を越えて、スコーミッシュにある花崗岩の岩山や壁、バンフやキャンモア周辺など、美しいカナディアンロッキーのなかで避暑をした。

日々の生活はシンプルだったが、ほとんど退屈することはなかった。切りたった壁面にロープを張り、午後の光のなかでロッククライミングを撮影した。明るいキャンプファイヤーを囲んで、明け方まで語りあうこともあった。いい写真を選んで、フィルムをスキャンして〈パタゴニア〉や雑誌の〈クライミング〉、〈ロック・アンド・アイス〉などの編集者にメールで送った。デナリと一緒に、まだ行ったことのない砂漠の峡谷を歩いてクライミングのできそうなルートを探した。指や前腕はクライミングで使いすぎて、たいていどこかに痛みがあったものの、こうした暮らしは、ぼくの人生に必要なものだった。アウトドアで過ごすのが好きな犬がそばにいることで、それはさらに豊かなものになった。

〈メトリウス〉を辞めて放浪生活をしていたころに、ベンドで百頭以上の犬を飼っているジェリー・スクドーリスのもとで橇《そり》犬の調教師に挑戦した。ジェリーの娘レイチェルは目が不自由だが、毎年アラスカで行われるイディタロッド犬橇レースを一緒に完走した。バチェラー山周辺で吹雪《ふぶき》が舞うなか、夜間ガイドもした。激しい雪嵐の午後、ほかの橇犬たちと一緒にデナリを橇につないだ。ところが十分もすると、デナリはボールのように丸まってぶるぶると震えだした。みじめそうな目で見上げられると、放っておけなくなってしまった。

「ハスキー犬の血を引いていても、寒さには弱いみたいだな、ディー？」

ピットブルの遺伝のせいで、デナリは腹の下の毛が薄く、寒い時期にスミスロックでぼくがクライミングをしているときは、よく荷物の上にうつぶせになっていた。そんなときは暖かく眠れるようにジャケットをかけてやった。このときは、橇犬用の小さなワゴンの寝床にデナリを寝かせるしかなかった。顔の高さにある縦横六十センチのドアを開け、抱きあげてわらを敷いた犬舎に入れた。デナリは身をよじって抗議したが、すぐにその狭い場所にいれば寒さが防げることを理解した。

デナリは普段から、ほとんどリードをつけていなかった。州立公園ではリードなしで犬がうろつくことは禁じられていたし、不安なことにコヨーテが出没するという噂も流れていた。コヨーテは一匹でキャンプにやってきて、犬たちを誘いだしておいて、集団で襲うという話だった。だがデナリはコヨーテもパークレンジャーもうまくさけていて、キャンプにパトロールがまわってくるときはどこかへ行っていた。「レンジャー!」と声をかけると、犬が隠れるように訓練した友人もいたが、デナリは教わるまでもなく自然にそうしていた。

当時は写真以外ではクライミングに力を注いでいたから、ぼくとデナリはスミスロックに戻ってくると峡谷を歩きまわり、あらゆる場所を探検し、新しいルートを開拓し、難しい壁面の完登を目指した。スミスロックには難易度の高いルートが多く、もし落下したら重傷を負うか、死ぬ可能性もある。岩を越えるときにはデナリを慎重に持ちあげて、リードやハーネスをしっかりと持って進んだ。

そのうちに、デナリはぼくに頼らずに岩場を下れるようになった。スミスロックのノーザン・ポイントという場所では、自力で登り口の玄武岩のふもとまで岩場を伝って下りた。そのころにはまだ、十五メートルほどの大きさの岩が積み重なってできた、危険な岩のトンネルがコカイン・ガリーという峡谷まで続いていた。デナリは上手に一段ずつ下っていった。のちにこのルートは、高所から落下した岩で塞がれてしまった。峡谷へのほかのルートを通るときは、デナリを肩にかつぎ、狭いトンネルをよじ登らなくてはならなかった。抱えられたデナリはぼくを無条件に信頼し、じたばたともがくことはなかった。そんなことをしたら、ふたりとも下の岩場まで落ちてしまうと理解していたのだろう。

スミスロックでは、そうしたほうが安全なときや、レンジャーがパトロールをしていないとわかっているときは、いつもリードをつけていなかった。山の裏手にまわるときは、地表から十五メートルほどの高さを何度か登り降りする〝アステリスク・パス〟と呼ばれる道を登った。頂上から幅六十センチもない狭い下りの傾斜路が続く。ぼくはたいていこの坂を、片腕でデナリをかつぎ、反対の手を岩壁の裂け目に滑りこませて体を安定させて下った。一度、この坂でデナリを降ろし、リードをたがいの体に結んで安全確保して、狭い道を先に行かせたことがあった。途中、ひっかかる障害物はなにもないと安全を確認したあと、リードを放して、最後の六メートルくらいを自力で歩かせた。

やがて、デナリはこの坂を最初から最後まで自力で登り降りできるようになった。それはぼくが計画したことではなく、デナリが自分の意思でしたことだった。この山道の頂にあるアステリスク・ボルダーという岩まで、デナリは先に立って登っていった。通路の先にはガイドに率いられたヘルメットをかぶった学生の集団がいて、ひとりずつ、ロープを使ってアステリスク・ボルダーの裏面を懸垂下降しているのが見えた。名前を呼ぼうとしたときにはすでに、デナリは岩の脇から下り坂に抜ける経路に障害物が何もないのを見てとっていた。ひとりのクライマーがガイドから下降の方法を説明してもらっているとき、デナリは待っている学生たちのあいだをすり抜けて、いつもはぼくに抱えられていく道をすばやく下りていった。曲がり角でも壁にぶつからないようにうまく体の向きを変えながら坂を駆けおり、下で止まって振りかえって待機した。ぼくも学生たちも、彼らにこの場所の危険について話していたガイドも驚いていた。デナリは何度も何度もここをかつがれて通っているうちに、自力で下りられるとわかったのだろう。たいていの犬とはちがっていつも用心深かったが、自信があるときは大胆だった。このときは坂のふもとに着くと、得意げにぴょんぴょん跳びはね、笑っているかのように口の両側を上げてぼくを待っていた。

一度だけ、デナリの身が危ないと思ったことがあった。ぼくらは川の流れですり減った巨大な玄武岩がむき出しになっている場所で〝曲がった川《クルーキッド・リバー》〟を渡ってアッパー渓谷へ向かおうとしていた。デナリが先に立ち、川に浮かぶ岩から岩へと飛び移っていたのだが、ガラスのように滑らかな小さな岩の上で足を滑らせた。尻が水のなかに落ち、水位が上がった急流の深い〝穴〟へ向かって引っぱられた。デナリは前脚で岩にしがみつき、静かに助けを求める目でこちらを見た。危険な状況だということはデナリ自身もわかっているようだった。その先の深い穴に逆流した水が吸いこまれている。落ちれば助からないだろう。ぼくはすぐにデナリの首輪をつかめる位置に移動したが、枝や壁にひっかかっても逃げられるように緩くしていたので、首輪が抜けそうだった。デナリは目を見開き、ぼくはその体が流れに引っぱられているのを感じて、鼓動が速まった。首元をがっちりと両手でつかみ、両足をしっかりと岩の上に踏ん張って、流れる川の力と戦った。デナリがしがみつき、ぼくが引っぱる。ついに、流れから救いだすことができた。デナリは身を震わせて水を振りはらい、激しく息をした。自分がかなりの危険から逃れたことは、おそらく理解していたと思う。そのひと月後、学生がひとり同じ場所で溺死したという話を聞いた。遺体は長いあいだ浮かんでこなかったそうだ。

街にいるときは、デナリはたいてい退屈し、居心地が悪そうだった。ところが、旅に出ると野生の血が騒ぐのか、気分が昂揚しすぎて我を忘れることがあった。それはたいてい目的地ではなく、旅の途中で休憩したときに起こるのだった。その状態は五分か十分くらいしか続かないことがわかったので、ぼくはデナリが自分を取りもどし、新しい環境で落ち着くまでリードを離さないようにしていた。

ビショップからイースタン・シエラを通って、国道３９５号線を北に向かっていたとき、マンモスレイクスという町で休憩した。サンダル履きでキャンピングカーの隣に立っていると、デナリが突然外に飛びだして、膝の高さまで雪が積もっている林のなかを駆けあがっていった。そのあとを追いかけ、数百メートルいった山頂近くでデナリを見つけると、まるでぼくの不運を笑うかのように舌をだらりと垂らして待っていた。足はかじかんで凍えていたが、デナリを見つけてほっとしていて、何も感じなかった。車のところまで戻ってくると、ほとんど全財産を載せた車のサイドドアは、そこを離れたときのまま開けっ放しだった。幸運なことに、何もなくなっていなかった。

写真家としてのキャリアの最初の二、三年、収入は年間で五千ドルから一万ドルくらいだった。かかる経費は少なく、ガソリンと食料、機材くらいで、家賃を払う必要はなかった。ロッククライミングはカロリーを大量に消費するから、冒険の燃料を保つため、食料品店で古いエナジーバーやラーメンの箱を安く買ったり、賞味期限が切れたばかりでまだ悪くなっていない食料を〈ホールフーズ〉や〈トレーダー・ジョーズ〉といったスーパーマーケットのゴミ箱から漁ったりした。幼いころの貧しい暮らしといろいろな点でよく似ていた。父も母も、四人家族が暮らせるだけの物資にも困る生活のストレスで疲れきっていた。まだそれを恥ずかしいと思う年齢になるまえだが、政府から食料援助をもらっていた。

子供のころは木に登っていたが、いまではそれが岩壁に変わった。大好きだった鉛筆とスケッチ帳はカメラとフィルムに、ずっと着ていた中古の安い服は〈パタゴニア〉のアウトレット品やサンプル品に、生活保護で支給されたチーズはスーパーで廃棄された食品に変わった。こうしたことはロマンとは関係なく、ただ生き残るためにしていたことだった。目的を達成するための手段だった。そうしながら離婚のつらさや抑うつのことを少しずつ忘れ、食べ物を漁ってどうにか生き延びていた。そのころのぼくは、どれだけクライミングを究めても自分が感じている空虚さは埋めることができないような気がしていた。だが写真なら、それができそうな気がした。

あるとき、レッドロック・キャニオンで一日クライミングをしたあと、ラスヴェガスの〈トレーダー・ジョーズ〉のゴミ箱のなかに入りこみ、積みあげられた未開封のチーズや包装された野菜、ピザ生地を集めていた。その日〝賞味期限切れ〟になったものばかりだ。〈トレーダー・ジョーズ〉は当時、車上生活をするクライマーにとって宝の山だった。そこのゴミ箱から漁ってきたものだけで何枚もピザを作ったものだ。

夕暮れどきに、さまざまな食品のなかから食べられる物を集めるのに気を取られていたとき、自分と車のあいだに男がひとり立っているのが見えた。ぼくは廃棄された食品のなかで身構えた。その男の雰囲気や動きは、なぜかぼくに強い警戒心を抱かせた。

「おーい、大丈夫かい？　手を貸そうか？」男は声をかけてきた。

ぼくはアウトレット・ストアで十二ドルで買った〈パタゴニア〉のしゃれたウールのセーターを着ていた。考えてみればおかしな状況だ。一見よい服装をして、キャンピングカーに乗った二十代の男が、スーパーの裏手にあるゴミ箱のなかで何かをしているのだから。

「ええ、大丈夫です」ぼくは答えた。

急に現れたこの男の向こうに、ぼくの愛車がある。運転手側のドアは開けっ放しで、キーもささったままだ。デナリは車のなかにいる。カメラの機材とノートパソコン、そのほか生活に必要なあらゆるものが載っている。心のなかで、デナリのほうに手を伸ばして言った。「いいか、もしこの男が車を乗っ取ろうとしたら阻止してくれよ」どうやってこの状況を切り抜けようと考えているると、デナリが車の窓にかかったカーテンの隙間からこちらを見た。**心配いらない、ぼくがいる。そのゴミ箱から拾っていたのはぼくへのご褒美なんだろう。**まるでそう言っているような顔をしている。

男はぼくの全身をじろじろ見て、何かもらえるとでも思ったのか、たぶん何度も練習してきたはずの長い話を始めた。「ガールフレンドが入院していてひとりでつらい思いをしている。彼女に会いにいくために交通費が必要で……」

ぼくは男のほうを見ながら、チーズやアーティチョークのつぼみ、へこんだコーヒーの缶など、一週間分の食料がいっぱいに入った箱を運び、男のわきをすり抜けて車のところまで行った。現金を探しているようなふりをしてドアのポケットを探り、車のキーをしっかりと握った。後部座席のデナリを見て、安心してひと息ついた。心配そうな表情をしているが、いま言葉をかけている余裕はなかった。男のほうを向いて、ぼくは言った。

「すまないけど、いまは小銭しか持ってなくて」

それを手渡すと、すばやく車に乗りこんで走り去った。デナリは警戒して周囲に視線を送り、近づいてくる者はいないかと車のなかでうなり声をあげた。デナリと一緒にいて危険を感じたことはあまりなかったが、この出来事はショックだった。街にいるときにはもっと慎重に行動しようと決意した。インディアンクリークやモアブのような人の少ない砂漠とはちがって、人里におりてくればこうしたこともありうるのだ。そう反省をしてから、デナリとゴミ箱から拾ってきた夕食を分けあった。

デナリは食べ物の好き嫌いはなかったが、愛情の示しかたには注文をつけた。頭を撫でていると、デナリは少しだけあごを上げ、ぼくの指を自分が触ってほしい場所に誘導し、そのまま耳と首、頭、あごのすべての箇所を撫でさせた。

そのお返しをするのにも熱心で、一日クライミングをしたあとで、デナリはよく汗だくでしょっぱいぼくの腕をなめようとした。そんなときは押しのけてなめさせないようにしていたが、五月のとくに暑い一日、インディアンクリークの砂漠の岩壁を登ったあとには好きにさせてやった。腰を下ろし、一粒の塩も逃さないように腕を隅々までなめまわすのを見守った。何も言わずにデナリの〝シャワー〟を浴びているのは、体をきれいにするためなのか、犬のわがままにつきあっているのか、自分でもわからなくなった。

キャンピングカーで暮らしていたときも、ほかのダートバグのように体臭を放っていないことがぼくのささやかな誇りだった。シャワーを浴び、髪をきれいにしておけば、人前に出てもそれなりに受けいれてもらえた。同じような暮らしをしているほかの人たちは古いクライミング用のカラビナから出たアルミニウムや、チョーク、ボディオイル、砂漠の砂、それに食べ物のにおいが、厚ぼったい断熱ジャケットからただよっていても気にしなかったが、ぼくはほぼ定期的にコインランドリーに行くことにしていた。デナリも、悪臭をつけてきて強制的に落とさなくてはならないとき以外は、川や湖で水遊びをして、毛をふわふわに保った。デナリとぼくは、ダートバグのわりにはましな身なりをしていたと思う。

第四章　最初の出血

ジョシュア・ツリー国立公園は、カリフォルニア州南部のコロラド砂漠からモハーヴェ砂漠にまたがっていて、花崗岩の岩山が多く、さまざまなスポーツができる。長い冬のあいだは、北部の岩山でクライミングができないため、たくさんのクライマーが訪れる。広大な面積に日当たりのいいドームハウスが建ち、漫画に出てくるような見るからにとげとげしい植物が生えている。まさにクライマーの天国だ。

二〇〇二年十二月のある夕方、ぼくは公園内のヒドゥン・バレー・キャンプ場で、キャンプファイヤーを囲んでいた。ぼくとデナリ、それに同じ場所にキャンプを張っているクライミングパートナー、ヘイヴンとボーが一緒だった。たき火に薪をくべようと立ちあがったとき、あかあかと燃える火がぼやけて見え、ぼくは膝から崩れて花崗岩の粗い地面に倒れた。気がつくと車のなかで寝ていて、デナリが顔を寄せ、心配そうに頬を一生懸命なめていた。同じように心配そうにのぞきこんでいるボーを見て、自分が気を失ったのだと気づいた。

軽いめまいのせいだということにして不安をはねのけ、食事に鉄分が足りていないからだとつぶやいた。キャンピングカー暮らしは八か月目に入っていた。ビッグブルーには冷蔵庫がないので、肉の保存ができない。そのうえ、駆け出しのカメラマンのとぼしい収入では、買えるのは安くて高カロリーな食品ばかりだった。デナリと自分、それにクライミングパートナーが長時間クライミングをするための栄養を取らなくてはならなかったからだ。クライミング・ルートはたいていかなり長く歩いた先にあり、しかもクライミングの道具やロープ、カメラの機材、デナリが飲む水が入った荷物を背負っていた。

翌朝には、倒れたことはもう半分忘れていた。朝食を済ませると、公園の簡易トイレに入った。ヘイヴンとボーは先にその日登る壁面に向かっていた。トイレは狭くて猛烈に臭く、そこからさっさと逃れて仲間に追いつこうと、あわてて用を足した。尻を拭ったとき、全身が固まった。臭気のなかで息をのんで下を見ると、真っ赤な血が紙にべっとりとついていた。

ぼくは仰天して、混乱したままキャンプまで荷物を取りにいった。何事もないかのように行動したつもりだったが、デナリはいつものように異変に気づいた。ぼくは地面に膝をつき、デナリの耳を撫でた。「大丈夫だ、ディー。たいしたことじゃないよ」

不安そうな顔……どうしたんだ？　何かがおかしい。

デナリはそんなふうに思っていたのかもしれない。

病気かもしれないという不安を抑えつけ、そのままひと月ほど過ごした。レッドロック・キャニオンを登っているとき、友人に話してみた。症状を説明すると、彼女はぼくをじっと見て、しばらくしてから答えた。
「直腸ガンかもしれないわ」
感情を抑え、たしかな事実を述べるような言いかただった。ぼくはショックを受けて混乱し、そうではないという理由をどうにかして探そうとした。その夜、症状について調べてみた。きっと、彼女のほうが間違っているのだと思いたかった。インターネットで直腸ガンに関するホームページを見つけ、最初の一行を読んで安心した。

あなたは五十歳以上ですか？

ぼくはほっとしてひと息つき、そのあとの質問はよく読まなかった。

排泄のときに出血がありますか？
ガスがたまりやすく、肛門が腫れていたりしますか？

意味をちゃんと読みとることを無意識のうちにさけ、最後の行までざっと目を通した。

出血があるか、ここに挙げた症状のいずれかがある場合は診察を受けてください。

それから一年半、症状は着実に悪化していったが、これがぼくにとって〝ふつうの〟排泄なのだと自分をごまかしつづけた。肛門が腫れて、トイレが赤く染まったら、毎回その原因を考えだして、食べ物のアレルギーにちがいないと自分に言い聞かせた。マウンテンバイクに乗っていて、段差の衝撃で大便を漏らしてしまうことがあったが、そんなときは汚れを落として、いつも持ち歩いていた新しい下着に穿き替えた。

食事や排泄に関する本を読みあさり、自分の体に起こっていることを理解しようとしたが、病院には行かなかった。親しい友人のひとり、ジェニーには食事が原因で体調が悪いのだとよく話していた。

ジェニーはシアトル在住で、トレイルランニングシューズ・メーカーの先駆け、〈モントレイル〉社で働いていた。そこのカスタマーサービスに電話をかけて、ぼくはアウトドア業界で働いているので、定価よりも安くシューズを購入できないかと持ちかけたことがきっかけで知りあった。名前を言うと、彼女はぼくを同姓同名の有名なイギリス人クライマーと勘違いして驚いた。

〈アウトドア・リテイラー・ショー〉で実際に会って、その後もシアトルの彼女を訪ねては、路上ライヴでいろいろなバンドの演奏を聴いたりした。ある晩、マット・コスタのライヴのあと、ふたりでベジタリアン向けのピザを買おうと列に並んでいたとき、ぼくは急に痛みでしゃがみこんでしまった。心配そうに見ているジェニーに、ぼくは言った。「腹痛がひどくて、ガスがたまるんだ。たぶんバナナと乳製品のアレルギーだと思う」

「わたしにもニンニクのアレルギーがある」彼女はぼくを元気づけようとして言った。血液型ごとに最適のレシピが紹介されている本を彼女に見せたこともあった。「ぼくはA＋だから、ナス科の食べ物はあまりよくないんだ。ナスもトマトも食べられない」

ぼくは血液型による食事の相性や食べ物アレルギーの理論で問題を解決できると思いこんでいた。不安定な腸や、自分の体のなかで暴れているものを理解しようと必死だった。


とても健康とは言えない状態だという自覚はあったが、いつも症状があるわけではなかった。あまりつらくない日には、それを無視して、症状の重さから目を背けるのは簡単だった。便器が血で真っ赤になる日もあれば、翌日には一滴も血がつかないこともあった。肛門の腫れのひどいときも、なんともないときもあったから、すべてを食べ物のせいにしていた。不安よりも不快さのほうが強かったが、検査を受けるべきだということは心の奥ではわかっていた。自分の状態を認めるのを拒み、大便が通常の半分くらいの太さしかないといった不調のしるしも無視していた。大きな病気の徴候はいくつもあったのに、たいしたことはない、そのままの生活を続けられる、と思っていた。

ぼくがガンの診断を受ける一年前のこと、ボーイフレンドと別れたジェニーを元気づけようと、スミスロックでも有名なゼブラ・ジオンとウェスト・フェイス・バリエーションというふたつのルートからモンキーフェイスまで一緒に登ろうと誘った。モンキーフェイスとはスミスロックを象徴する高さ百メートルの岩山で、彼女は以前からここに登りたいと言っていた。ところが、ぼくらが壁を登っているあいだに、デナリがジェニーの食料を残らず食べてしまった。少し気持ち悪そうだが満足げな顔をして。地元の生協をまわってまとめ買いした一週間分の食べ物をすべてデナリに食べられてしまったのだ。ジェニーはそのあと何年もデナリのそのときの悪さをネタにして、笑顔でにらみつけては言った。

「あなた、わたしの食料を食べちゃったんだからね。覚えてる?」

もちろん。あれはおいしかった。きっともっと食べられたよ。デナリはそう言っているような表情でジェニーを見た。

そのころの写真を見ると、ぼくはげっそりとやせて、頬がこけているが、少しずつやせていったので、当時はなかなか気づかなかった。

同じ年の冬、バージンリバー峡谷でソニー・トロッターを撮影した。ソニーはカナダ出身のプロクライマーで、知りあったのはその四年前、メラニーが出ていった冬だった。彼はぼくがクライミングの限界を超えられるように励ましてくれた。その言葉に力をもらって難易度5・13のルートにチャレンジした。

このバージンリバー峡谷への旅で、ジョー・シックス・パックと呼ばれる難易度5・13aの運動能力が試されるルートをレッドポイントする（地面から頂上まで墜落することもロープにぶら下がることもなく登りきる）ことを目標にしていたが、毎回途中でエネルギーが切れてしまった。もう一度チャレンジするまえに気持ちをほぐすために、〝メンター〟という難易度5・12bの壁に移った。途中まで、手でつかまって休める場所がない壁だった。半分くらいまで登り、ソニーがロープを下にだらりと垂らしてぼくの安全確保をしようとしていたとき、ぼくは体を休め、乳酸がたまった腕を振っていた。そのときなんの前触れもなく、両側の壁に脚を踏ん張っていた体の力が抜けた。宙ぶらりんになって八メートル近く落ち、ようやくロープが張って止まった。

「おい、どうした?」ソニーはぼくに向かって叫び、デナリが待っている地上までぼくを降ろした。「いやあ、いままでに足を滑らせたやつはたくさん見てきたけど、あの場所で落ちたのははじめてだな」

落下できつくなったロープをゆっくりとほどいていると、デナリはぼくの顔をなめまわした。**変なにおいがするし、すごく疲れているみたいだ。何かがおかしい。何回も壁から落ちて、いつもよりたくさん眠るようになった。**デナリの声が聞こえるようだった。

「わけがわからないよ。休んでいたら突然落ちたんだ。体の力が急に抜けたみたいだった」

ぼくは再びチャレンジした。難しい動きをして、波のように襲ってくる疲れやめまいと闘いながら穴だらけの長い壁を登った。いったい何が起きているんだろう？　絶対に何かがおかしい。いちばん上の支点に留め具をかけると、圧倒するような疲労の波がまるで鉛の毛布のように全身を覆った。

壁を降りると、荷物を漁ってフリースの上着を出し、それを丸めて枕にして、デナリを横に呼び寄せて寝ころがった。二時間後、デナリはぼくの腕を押し、頰をなめて起こした。着実に体調は悪化していたが、その心地よいぬくもりのおかげで、何事もないかのように安心していられた。デナリの心配そうな瞳の向こうで、ソニーが立って見下ろしていた。「なあ、気を失ってたぞ。ほんとうに心配になってきたよ」

これはふつうのことではない。ぼくは来る日も来る日も、自分がなぜこんなふうに感じるのかを探ろうとした。

ガンの告知を受けることになる数週間前、妹から「リブ・ストロング（強く生きよう）」と書かれた黄色いリストバンドをもらった。サイクリングのチームメイトと一緒に、ランス・アームストロングがガン患者を支援するために新しく設立した財団のチャリティで、それを販売するという。すばらしいことだと思って、ぼくはそれを左手首につけたのだが、そのときはまだ、自分の体内でガン細胞が急速に増殖していることは知らなかった。告知されたあと、その黄色いバンドはぼくの心を支え、ほかの患者とのつながりを表すものに変わった。ぼくはそれを二年間つけつづけた。

それと同じ週に、〈ロック・アンド・アイス〉と〈トレイル・ランナー〉というふたつの雑誌の写真編集者からメールをもらった。両誌の次号の表紙にぼくの写真を使いたいという。最高に嬉しい知らせだ。雑誌の表紙、しかも二誌同時だ！　まるで本物の写真家みたいじゃないか。

デナリが目を輝かせてぼくを見ていた。

やっぱり思ったとおりだ。すごいじゃないか！

ぼくの写真が表紙を飾ったのは、二誌とも二〇〇四年六月号だった。〈ロック・アンド・アイス〉の表紙は、モンキーフェイスの東の壁面を、ソニー・トロッターがボルトを使わないトラッドなフリークライミングではじめて登ったときに撮った一枚だった。ぼくは地面から九十メートルの地点で宙づりになり、ソニーが登る壁面の上に固定されたロープと一緒に回転しながら撮影した。四月の嵐が風と雪、あられを吹きつけた。シャッターを押す合間に、ソニーが手を伸ばしてぼくの回転を止めなければならなかった。

その写真を撮った五週間後、ぼくは病院で診察を受け、腹部の下のほうにゴルフボール大の腫瘍がいくつもできていることがわかった。モンキーフェイスの百メートルの壁面でのクライミングを撮影するのは体力的に厳しかったが、いま思い返せば、あのころにはもう、体のなかでガンが大きくなっていたのだ。

〈トレイル・ランナー〉の表紙は、カウアイ島のエメラルドの海と青く茂ったナパリコーストの鋭く尖った丘をバックに、水上スポーツやピラティスのインストラクターをしている友人のテリーザが走っているところを撮った写真だ。カウアイ島へ旅行したのは、ガンと診断されるちょうど一年前だった。

もう亡くなってしまったが、友人でクライミングパートナーだったアレックス・ニューポート＝ベラがハワイ大学への進学が決まり、カウアイ島にひと夏滞在しないかと誘ってくれたのだった。ぼくは夏のあいだ、島の東と南の海岸沿いで暮らした。それは、人としても写真家としても、とても大切な成長の時間になった。サーフィンはまだ始めたばかりだったけれど、写真家としてのキャリアは軌道に乗ってきたころだった。風景も興味深く、穏やかな気持ちになれる場所にいることになったのは、意味のあることのような気がした。

はじめてのハワイ行きに興奮していたが、ためらいもあった。デナリと離れて暮らしたのは長くても一週間で、二か月も旅に出るのはとてもつらかった。デナリは親友だし、連れていければ旅のあいだも楽しく過ごせることは間違いない。もしも検疫や飛行機などの問題がなければ連れていっただろう。

友人のひとりがその夏、スミスロックでロッククライミングのガイドをするから、旅のあいだデナリを預かると言ってくれた。「この旅はあなたにとっていい経験になるわ。それに、デナリはわたしのことが好きだし、毎日大好きな岩山で楽しく過ごせると思う」

ぼくはどうすればいいのかわからず、デナリを見た。「どう思う？　きみが決めてくれ」

デナリはしっぽを高く上げて振った。ぼくの葛藤を笑い飛ばすかのように。

大丈夫。笑顔で行ってきなよ。

ぼくの迷いは消えた。


カウアイ島は天国のようだったけれど、同時にかなり苛酷な一面もあった。カウアイ島の温暖な気候に包まれたとたん、体の芯から力が抜けた。衣服はボードショーツとサンダルだけでこと足りるし、暑すぎることは決してなく、寒いこともめったになかった。色鮮やかな花と葉、それに派手なアクアマリンの海。島のあちこちにすばらしい光景がある。その美しさを写真におさめたかった。

島に着いたつぎの朝、サーフボードで海に入っていくと、感じたことのないような力で押し流された。ミッキー・ムニョスの八フィートのボードはノーズから砂に埋まり、体はテールのほうに裏返しになった。空中で太ももの内側に装着したばかりの鋭いフィンがぶつかり、大腿四頭筋に突き刺さった。千回に一回も起こらないような不幸な事故だった。

フィンが脚を貫通しかけていて、ビーチにいた女性が、大腿動脈が危ないと判断してすぐに止血帯としてタオルを巻いてくれた。ぼくは意識が遠のいていた。アレックスは脚の動かなくなったぼくを自分のトラックに乗せようとしてうまくいかず、救急車を呼んだ。

救急車で病院に運ばれるのは、痛いだけでなく恥ずかしい経験だった。救急隊員たちはにやにやしながら、アメリカ本土から来てはしゃぎすぎた、顔の青ざめた若者を見下ろしている。ぼくはうねりが岩礁《リーフ》の上で割れるハワイの波の力が持つ厳しさを知った。それは海底に砂が堆積したサンドバーや、岬の先で波が割れる本土の海とはまるでちがう。

救急処置室で三時間もかけて太ももの深い部分から砂を掻きだされるあいだ、鎮痛剤を打っているのに痛みにもだえ苦しんだ。アレックスまでその悲惨な状況に気を失いそうになり、処置室から出ていった。なあデナリ、聞こえるかい……こんなときこそおまえにいてほしいよ。ひどいありさまだ。怪我をして痛い思いをしているときにこそ、ほんとうに大切なのが誰かよくわかる。意識があちこちへさまよい、誰とでも友達になる毛むくじゃらの相棒デナリに会いたくなった。

医師には二、三週間は海に入らないほうがいいと言われた。せっかくこの誘うような海に囲まれた熱帯の島にいるというのに、そんな制限をされるなんてたまらなかった。ところが、忠告に従ってサーフィン以外の楽しみを探してみると、かえってすばらしい経験ができた。アレックスに誘われて、彼の誕生日の週を、島のノースショアに続く長いビーチ、カララウで過ごすことにした。ナパリコーストの絶景に沿って二十キロほどハイキングしたところだ。

カララウ・トレイルは、ただ歩くだけでも十分に楽しめるコースだ。青々と茂る植物とすばらしい景色がいたるところで見られ、熟れたグアバやリリコイという黄色いパッションフルーツが手の届くところにぶら下がっている。ただひとつ、デナリがぼくの横を走っていないことだけが残念だった。もしここにいたら、ハイキングを楽しんだだろう。ぼくは、デナリがはじめての場所を探検して喜んでいるのを見るのがとても好きだった。グアバやリリコイ、ライチを一緒に食べるところを想像してみた。デナリは鉄のような胃袋の持ち主で、どんなに変わったフルーツでも、与えれば食べてしまう。この暑さは嫌がっただろうが、カラウ・トレイルのほとんどの場所は日陰だった。

アレックスは怪我が悪化しないように、ぼくの重い荷物を持ってくれた。彼は近所のドラッグストアで買った安物のサンダルを履いていた。そのサンダルは最初の十キロくらいで駄目になってしまったが、アレックスは文句も言わずに、トレイル上に敷石のように落ちているククイの実の殻の上を裸足で最後まで歩いていった。

アレックスと一緒に、それから何日かビーチを探検し、フルーツをもいで食べ、広大なビーチとエメラルドの海で、裸になってボディサーフィンをした。太陽だけを頼りに時間を知り、あまり話さず、怪我の回復によさそうなゆったりとした気楽なリズムに身を委《ゆだ》ねた。カヤックでビーチに来た地元に暮らす二家族と知りあい、家に誘われた。その晩に出会った多くの人々と、その後もたくさんの時間を過ごすことになった。

この熱帯の楽園にいられることに、ぼくは歓喜した。島にいるあいだはとぼしい収入でやりくりするストレスも忘れられた。キャンピングカー暮らしだから、お金はあまりかからないとはいえ、つぎの収入のあてはなかった。生活費も足りないくらいだったが、競争の激しい世界で生きていくために必要な機材に投資しないわけにはいかなかった。

〈パタゴニア〉の写真編集者ジェーン・シーヴァートにカタログ撮影について相談すると、服のサンプルを島に送ってくれることになった。ところが、休暇に入るまえにジェーンが用意しておいたぼく宛ての荷物を、インターンが送り忘れてしまった。落胆したが、こんなすばらしい場所にいるのだから、それを生かさない手はないと思った。そこで島に住んでいる新しい友達にサイズを尋ね、〈パタゴニア〉のウェブサイトで自分のクレジットカードで注文をして服を取り寄せた。もし写真が採用されなければ大きな損失をこうむることになる。

続けざまに困難に見舞われ、ぼくは途方に暮れた。早めに旅を切りあげて帰ろうとしたが、所持金は旅費にも足りなかった。島に着いて十日目には、アレックスがホームシックにかかり、オレゴン州にいるガールフレンドと家族が恋しい、予定の二か月を島で一緒に過ごすことはできないと言いだして、ひとりで帰ってしまった。ぼくはますますデナリに会いたくなった。その気持ちを振りはらうために、サーフィンについて島で学べるあらゆることを学ぶことにした。潮の満ち引きやうねり、風向きが波に与える影響を観察した。海の厳しさに心は折れそうになったが、どうにか耐え抜いた。波に乗っているあいだは、いつも心を占めている不安を忘れて、安らぎを感じることができた。

写真にもいつも以上にエネルギーを注いだが、この島では、ぼくの限界を超えることがつぎつぎに起こった。旅に出てひと月でカメラの本体が壊れ、撮影を続けるために新品のニコンF100を買わなくてはならなくなった。島ではフィルム代や現像代、送料や食費、ガソリン代、水道光熱費も高く、出費はかさむ一方だった。加えて、海中で波をもっと思いどおりに撮影できるように、カメラの防水ケースを購入した。デジタルカメラの時代になるまえは、三十六枚撮影するごとに岸まで戻り、防水ケースをはずしてフィルムを入れ替え、ちゃんと防水できていることを確認してから泳いでいき、また撮影しなければならなかったのだ。夏の終わりには機材費をふくめ、島にいるあいだの必要経費で一万ドルの借金を抱えていた。

これが一か八《ばち》かの賭けだという意識はあったが、自分の内なる声が不安を抑えつけていた。ぼくはいま、キャリアの分かれ道に立っている。ここが踏ん張りどころだ。写真家としてつぎのステップに進むためには、この島の豊かな海の色や熱帯の輝かしい風景を絶対に撮らなくてはならない。もし失敗して、一枚も写真が売れなかったら目も当てられない。それでも、ロッククライミングとアドベンチャースポーツの撮影だけでは、いつまでたっても暮らしていけないだろう。ぼくは限界に挑むクライマーたちを撮影するだけでは満足できなくなり、これまで以上に奥深い何かが得られるとも思えなくなっていた。自分の仕事を深めるにはどうすればいいだろうかとも考えるようになっていた。優秀なアスリートが自分の限界を超える瞬間をカメラにおさめることはそれなりに満足感があったが、そうした成果やそれを撮ったぼくの写真は、小さなコミュニティの外にまで影響を与えることはほとんどない。たしかに、それまでの自分を乗りこえるように人々を勇気づけることはできる。だがそれは結局のところ、自己満足にすぎないのかもしれない。

それにぼくは水のある場所、とりわけ海が自分本来の居場所だということもわかっていた。サーフィンは魔法のようだ。波に乗っていると受けとめきれないほどの感覚が襲ってきて、それから陸に上がったあとになって、ゆっくりとその意味がわかってくる。サーフィンに没頭するのは最高に幸せな時間だ。海はいつでも謙虚さを忘れない。だからぼくは海が好きだ。

クライミングや登山とはちがい、サーフィンではエネルギーの波に乗る感覚が得られる。それは何百あるいは何千キロもの彼方で生まれ、風雨《ふうう》のなか、形を変えながら長い時間をかけて海岸まで運ばれ、そこで海底の地形や月の満ち欠けによる潮の影響を受けて砕けたものだ。波も人も、刻一刻と変化して決して同じ状態になることはない。

創造性が求められる世界で独自の立場を手に入れるには、自分なりの声やスタイルを見つけなければならない。ぼくは昔からアスリートの人となりや、全盛期を迎えるまでにどんな人生を送ってきたかという物語が好きだった。カウアイ島にいるあいだには、何人かの女性アスリートを撮影したり、はじめて水中撮影をしたりした。その旅で撮った数百枚のスライドを〈パタゴニア〉に送ると、ジェーンから電話がかかってきた。

「ベン、すばらしい写真じゃない。島の女性たちのこういう写真ははじめて見たわ。たいていの写真家はビーチにいるビキニの女性を撮るのに、あなたは女性たちをアスリートとしてとらえている」

その反応は嬉しかった。むしろぼくには、あの美しい女性たちを力強いアスリートとして撮影しない写真家のほうが信じられなかった。そのときぼくは、写真家として生き残るためには、クライアントの満たされていない要求に合致するような独特な写真を撮る方法を考えなければならないのだと知った。クリエイティブな仕事は終わることのない進化で、いまもぼくは新たな声を見つけようとしている。そうしていないと退屈し、満足できなくなってくる。

運よく、ぼくはこの賭けに勝った。高額の医療費が必要になるまえに、この旅で作った借金をすべて返すことができた。このときカウアイ島で撮った写真は、そのあと十年にわたって〈パタゴニア〉のカタログに掲載され、その収入は島で買った機材の何倍もの金額になった。このことが、厳しいことばかりの旅のなかでも、自分の直感を信じることとの大切さを教えてくれた。ジェーンはその後、ぼくのガンとの闘いが終わる夏に、カウアイ島の写真を数枚、カタログの全面写真として使った。

まるまる二か月の旅から戻り、デナリと再会したときは最高だった。デナリはぼくの上に飛び乗り、顔じゅうにキスを浴びせて膝に乗っかり、体を揺すった。耳やお腹を撫でると、目を閉じてもたれかかってきて、大きく口を開けて喜びを表し、それから大きく深く息を吸い、全身でため息をついた。**ずいぶん長いこと出かけていたじゃないか。**

「さびしかったよ、デナリ」ぼくは彼をぎゅっと抱きしめた。「旅のあいだ、何よりもきみが必要だった。また一緒になれてほんとうに嬉しいよ」

第五章　直腸ガンと診断されて

二〇〇四年六月一日。目を開くと、室内の照明が妙に明るかった。そこにいる全員の顔に厳粛な表情が刻まれている。自分がどこにいるのかを必死で思いだそうとしているうちに、少しずつ意識がはっきりしてきた。

ぼくの動揺した様子に気づいて、誰かが言った。「目を覚ましました」

顔の近くに医療写真が掲げられている。グロテスクな醜いものが写っていた。まさかぼくのものじゃないよな。

少しずつ記憶が戻ってきた。ぼくは大腸内視鏡検査を受けていたのだった。配管工は調子の悪い下水管をすみずみまで調べるが、この検査では、同じことが西洋医学の名のもとに人体に対して行われる。対象となるのは、たいてい五十歳以上の人だ。でもぼくはまだ二十九歳だし、普段からロッククライミングをしているアスリートで、体力は人生でもいちばんあるときだった。それでも写っていたのは、たしかにぼくの体の一部だった。

麻酔の効果が薄れ、あたりの様子がしだいにはっきりとしてきた。同居人のバイロンの顔が見えた。検査では鎮静剤を飲むので、帰りの運転のために付き添ってもらったのだが、たったいま誰かに母親の死を伝えられたような悲しげな顔をしている。

「あの？」ぼくは尋ねた。

「悪性腫瘍が見つかりました」遠くから容赦のない声が聞こえた。

悪性腫瘍？　このぼくが？　ありえない。たとえ腫瘍だとしても、必ずしも悪性とはかぎらない。小さな腫瘍だろう。きっとたいしたものじゃないに決まっている。

とっさに否定しようとする気持ちが芽生え、同時に、恐れが体をじわじわと伝わってきた。まだわずかに残っている麻酔の効果を振りはらおうとしながら、一瞬頭が真っ白になった。

遠くから話す声が聞こえた。

「人工肛門《ストーマ》をつけたあとでも、ビキニを着る女性もいます……」

今度はいったいなんの話だ？　どうやらかなり強い鎮静剤を投与されたらしい。まだ夢を見ているにちがいない。これは全部、ほかの誰かの話だろう。

隣の空いたベッドを見て、回復室にはほかに患者はいないことを思いだした。

さらに声は続いた。「アスリートにはストーマ袋を装着しても、支障なく活動を続けている人もたくさんいます」男性の声が近づいてくる。大腸内視鏡検査をしてくれた消化器外科医のボクナー先生の顔が見えた。

ストーマ袋？　ぼくはどうにか理解しようとした。それまでの人生で一度も聞いたことがない言葉だった。

処置室へ車いすで運ばれていくときにボクナー先生が言っていたことを思いだした。

「検査をして、状態を確認するだけです。まあそれほど深刻なものではないでしょう。たぶんポリープでしょうから、その場合はすぐに切除しますよ。もし過敏性腸症候群だったら、何も悪いところは見つからないでしょう」

事務的な口調で、何も心配なことはなさそうだった。検査の結果次第では、心を激しく乱され、大きな苦しみを味わうことになるが、そうしたことへの心の準備を促されることもなかった。

「誰か、いまの状態を説明してくれませんか？」ようやく口がきけるようになり、ぼくは声をあげた。「ビキニなんかぼくは着ないし、ストーマというのがなんなのかもわからない」

もう一度バイロンの顔を見たが、目をそらしたままだ。

ボクナー先生は画像をさらにぼくに近づけ、そこに写る深海生物にも似た醜い腫瘍を指さした。

「あなたは直腸ガンです。一刻も早く超音波検査をして、腫瘍がどのステージまで進んでいるかを調べなくてはなりません。検査はここでもできますが、あなたの若さと、かなり進行していることを考えると、ポートランドのオレゴン健康科学大学で検査されることをお勧めします。その後、あなたがこの病院で今後どのような治療をしていくかを、さらに詳しい検査をもとに決める必要があります」

ぼくの腸のなかでは激しい闘いが繰りひろげられていて、それがついに無視できないほどにひどくなっていたのだった。かなりひどい症状だったにもかかわらず、ぼくは一年以上も言い訳を見つけては病院で診察を受けることを拒んでいた。あやうく命を落とすところだった。

同居人のバイロンと出会ったのはその年の春、スミスロック州立公園でクライミングをしていたときだった。壁面から降りていくと、彼が飼っているドジなグレイハウンドのミックス犬ディジーと、よく悪さをする白いラブラドールのマイルスの二匹がデナリにちょっかいをかけていた。

「申し訳ない！」とバイロンは言った。「ついでに、きみのロープを使わせてもらえないかな？」

その日から犬たちは仲良くなり、バイロンとぼくはよく一緒にクライミングをするようになった。ぼくがキャンピングカーで暮らしていることを知ると、バイロンはつらい時期を過ごしていたこともあって、何か月か同居しないかとぼくを誘った。

一年前、バイロンの妻がサイクリング中に猛スピードで走ってきた車と衝突事故を起こして大怪我をした。彼はその後一年近く、妻の看護をしたが、体がすっかりよくなると彼女は出ていってしまったという。打ちのめされているバイロンの気持ちはぼくにもよくわかった。

「もちろん、喜んできみと暮らすよ」

バイロンの家は大きかった。ぼくとデナリはなるべく邪魔にならないように地下室のひと部屋を借りることにした。キャンピングカーに乗っていないのは、はじめは妙な感じがしたが、しだいに家で暮らす快適さに慣れていき、車に載せていたトートバッグやペリカンケースの中身を運びこみ、写真編集のためのスペースも作った。ぼくとデナリはようやく本物のベッドで寝る生活を始め、ビッグブルーを家の敷地内に何日も駐車したままにすることもあった。

ぼくは独身に戻り、まだガンだとはわかっていなかったが、体調の悪さを忘れられる気晴らしを探していた。友人とジギー・マーリーやマイケル・フランティのライヴに行く話をしていたある日、ジーンも誘ってみたらと言われて、彼女に声をかけた。ぼくの命を救ったのはこの決断だったかもしれない。

ジーンは整体師で、元夫は循環器科医だったから、医療のことに詳しかった。そして、ぼくの状態が自分で言っているよりもはるかに悪いことに気がついた。彼女に尋ねられて、恥ずかしかったがそれまでの出来事を話した。なんでもないと言い張ったけれど、症状を話しながら、自分でもずいぶんと悪化していることを実感した。当時は、どこへ行くにも最低二枚は替えのパンツを持ち歩いていた。とてもふつうの状態とはいえない。ジーンに説得され、ぼくもようやく病院に行くことにした。

ジーンは地元の病院で、あまり大げさではない、寄生虫や貧血、便潜血を調べるだけの検査を受けるように提案した。肛門からの出血は検査結果に出たが、それ以外はみな陰性だった。

ぼくはちょっと希望を抱いた。もしかしたら症状ほどにはひどい病気ではないのかもしれない。

だがジーンは納得せず、一般の看護師よりも診断や治療などの面で高度な権限を持つナースプラクティショナーの診察を予約し、とにかく話せば気持ちが晴れるからと言ってぼくを送りだした。

ナースプラクティショナーの診察で、ぼくははじめて、その後何度も受けることになる直腸の検査をした。直腸に指くらいの長さの塊があるのが見つかった。

「およそ四センチの塊で、たぶん痔だと思います。過敏性腸症候群の症状は炎症を抑える薬を飲めば楽になるはずです。でも念のため、内視鏡検査をしてみましょう。S字結腸内視鏡検査をすればこの塊の正体がはっきりするでしょうが、大腸全体の内視鏡検査を受けることをお勧めします」

そのころのぼくは、大腸内視鏡検査という言葉の意味すら知らなかった。

ぼくの命を救ったのは、ナースプラクティショナーが大腸内視鏡検査を勧めてくれたことと、ジーンがしだいに悪化していくぼくの症状を見て病院へ行かせたことだった。いま呼吸をしていられるのはこのふたりの女性のおかげだ。あと数週間遅ければ、ぼくはいま生きていないだろうし、もちろんこの本を書いてもいないだろう。

このときに受けた検査のことや、その後経験したガン治療について書き記すのは、同じ境遇の人、愛する人に同じような症状が出ている人が、検査を受けることをためらわないでほしいという思いからだ。結果は生死に関わるものだが、ぼくのように悪化してから急に病気に直面するよりも、早めにはっきりさせるほうがいい。直腸ガンはゆっくりと燃えひろがる山火事のようなもので、リンパ節に達するまでは目立たないところでくすぶっている。だがそこからは一夜にして激しい炎が上がり、爆発する。それまでは症状もたいしたことはなかったはずなのに、あるとき急に臨界点を超えて転移しはじめ、胃や肝臓、そして脳へと数日のうちに広がっていく。

大腸内視鏡検査を受けたあとの二日間は、時間の進みが遅く感じられた。見つかった腫瘍の臨床検査の結果を待っていると、胃がよじれるようだった。カスケード山脈には、ぼくの不安を表すように不吉な雲がかかっていた。雷鳴のなか、電話が鳴り、消化器外科医のボクナー先生は事務的な口調で、やはり疑っていたとおりだったと言った。腫瘍はやはり悪性のものだった。

ぼくはガン̇だ̇。そのとき稲妻が走り、雷鳴が響き渡った。この新たな現実を受けいれるのは簡単ではなかった。

打ちのめされて、デナリを引き寄せ、額と額を合わせた。

「なあディー、最初におまえに言うよ。ぼくは病気なんだ。しかもかなり悪い。おまえが必要になるよ……いままで以上にね。そばにいてくれるかい？」

デナリは静かにぼくを見た。とても心配そうだ。落ち着いているようで、だが気づかうような眼差しで、**ああ。何があろうと、いつだってそばにいるから、**そう伝えてくれた気がした。

直腸ガンの診断を受けたつぎの朝、オレゴン健康科学大学で診察スケジュールを担当する看護師から電話がかかってきた。腫瘍の進行状況を調べる超音波検査の予約がとれるのは早くても三週間後だという。三週間？　一時間が一日くらいに感じられるのに。どれくらい悪いかさえわからずに、どうやってあと三週間過ごせばいい？　デナリは電話のあいだずっとぼくにぴったりとくっついていた。

ジーンにそのことを伝えると、すぐに知りあいの医者や医療関係者全員に電話をして、かけあってくれた。「五日後に検査してもらえることになったから」ジーンは笑みを浮かべて言った。

「ありがとう！」ぼくはほっとした。この思いやりと彼女の直感が命を救ってくれたのだと思う。

同時に、ぼくはそのとき、医療の世界は冷たい、感情のない機械のようなものだと知った。自分の代わりに粘り強く主張してくれる人がいたり、自分の体を蝕《むしば》む病魔と闘いながら医療システムについて調べたり、それと闘うエネルギーがあるならいいが、そうでなければ、専門医の過密スケジュールや、保険会社の都合で運命が左右されてしまう。

デナリの気づかいや温かい友情は、医療システムによってひどい扱いを受けた気持ちの痛みをやわらげてくれた。デナリはぼくが不自由な思いをしていることを感じとっていたのだろうか、室内に閉じこめられているのを嫌がった。ぼくたちは自由を失っていた。日中は外に出て、クライミングをしたりビーチで過ごしたりするという生活のリズムをなくしていた。不満はあっただろうに、それでもデナリはぼくのそばにいてくれた。

オレゴン健康科学大学での超音波検査の日、ぼくは遅刻した。ポートランドの街はひどい渋滞で、そのあとも駐車場や広大な病院の廊下で迷ってしまったのだ。オレゴン健康科学大学の医師は遅刻に厳しい。通常なら、数分遅れただけで検査はキャンセルされ、追い返されてしまう。

受付にいた看護師はあまりにも絶望し、打ちのめされたぼくの様子を見かねたのか、四十五分も遅刻したというのに、親切にもぼくを割りこませてくれた。検査室に入ると医師たちは見るからに腹を立てていたが、検査をしてくれた。

ぼくは右側のわき腹を下にして横たわり、鎮静剤か麻酔薬を投与されるのだろうと思って待ったが、予想外のことが起こった。超音波検査の機材が直腸にいきなり押しこまれたのだ。歯を食いしばったとき、何かおかしな感じがした。腸に空気か水が（そのどちらだったかはわからないが）詰まっていて、うまく検査できない、と助手が言っているのが聞こえた。一時間近くもひどい扱いを受けたあと、動きが止まり、医師たちが話しあっている声が聞こえてきた。

「腫瘍が結腸壁を貫通してその先まで達している」

ひとりの医師が画面を指さして、ぼくに見せた。「腫瘍はここにあって、リンパ節にもう少しで届きそうです。手遅れになるまえにここに来られて運がよかった」

ポートランドのオレゴン健康科学大学でガンの進行状況を検査したあと、ぼくは人生でいちばんつらい夏を過ごした。ほぼ毎日、放射線治療と化学療法があり、三か月後に腫瘍を摘出する手術を受けた。

告知を受けた直後、ぼくは体のなかで悪い細胞が働き、悪性の腫瘍が作られているという事実をどうにか理解しようとした。ぼくの体を内側から引き裂いていた異質な力の正体がようやくわかったことで不思議と安心もしていた。

その数時間後に携帯電話が鳴った。大学時代のボート競技の仲間からだった。オリンピックのダブルスカルの国内選考会への出場が決まったばかりで、興奮してそのニュースをみんなに伝えていたのだ。ぼくはどうにか元気を出してその快挙を祝福し、電話がこんなタイミングでかかってきたという皮肉に力なく笑った。

「どうしてる？　久しぶりだよな」と彼は尋ねた。

「ああ、えっと、今日ちょうど……直腸ガンだと診断された。悪いらしい」ぼくはどうでもよくなってしまい、自分の声も遠く感じられた。

会話が途切れた。なんと言うだろうと考えて待っていると、カチカチという音が聞こえ、それから、プー、プー、プーと鳴った。何も言わずに電話を切ったのだ。

冷たい反応ではあるけれど、わからないことはなかった。彼はただ、自分が二〇〇四年の夏のオリンピックに出ることだけを考えていたのだ。ぼくがそのとき直面していた命の闘いを理解できなかったのは、アスリートとしての優秀さを利己的に追い求めていたからだ。

ぼくもまた、同じように自分のことに集中して、病気に立ち向かわなくてはならないことはわかっていた。ただ生き残ることだけに意識を向けなくてはならない。自分を疑ったり、哀れんだりしている余裕はない。無慈悲に、その悪い細胞を死滅させなくてはならない。ぼくの命はそれにかかっている。

ぼくはデナリを膝の上に乗せて、数時間、自分の状況について考えた。それから〈パタゴニア〉の写真編集者で尊敬するジェーン・シーヴァートに電話をした。彼女の時間は貴重で、かりに電話に出たとしても三分以上話したことはめったになかった。ぼくは病気のために、今後数か月はあまり写真を撮って送ることはできなくなることを彼女に伝えた。驚いたことにジェーンは一時間近く電話を切らず、愛と励ましを伝え、サポートを約束してくれた。何か必要なときは、写真編集のチームと〈パタゴニア〉ファミリーがついていると言ってくれた。

六か月後、まだ手術の痛みが残っていて、放射線治療や化学療法で回復の途上だったが、ジェーンや〈パタゴニア〉の友達数人と北カリフォルニアの古いセコイアの原生林のそばで感謝祭を祝うため、デナリと車で旅をした。デナリや親しい人たちと一緒に外で時間を過ごしたことで、体は楽になり、心も落ち着いた。これから受けることになる八回の抗ガン剤治療のために欠かせない準備でもあった。

ガンは残酷で、どうしてもやりたいことや大切な人との関係などおかまいなしだ。生き残ることで頭はいっぱいで、そのときは友人のなかにも一緒に立ちあがって闘ってくれる人と、病気になったとたん去っていく人がいるのはなぜかといったことまで考える心の余裕はなかった。健康そうで、運動もしているのに、高齢者がかかると思われている病気だと診断された二十代の友人が身近にいると、自分はまだ死からは遠いとは思えなくなってしまったのだろう。

ガンだとわかったころ、思いがけないところから友人が現れて支えてくれたこともあった。ぼくはともかく生きようと決意した。そのためには生きることとしっかり向きあっている仲間を作る必要があった。ガンとの闘いは長く、戸惑いの連続だったが、そのあいだもずっと、揺るぎなく、いつもぼくを支えてくれた友がいた。ダートバグのぼくにいつもついてきて、外へ出ることを思いださせてくれた友、それがデナリだった。

第六章　ぼくの闘い

ナースプラクティショナーにはじめて診察してもらってから数か月というもの、診察した医師は全員、ゴム手袋をはめた手で指を肛門に押しこんで、腫瘍を調べた。自分からズボンを膝まで下ろして検査台に横になり、体のなかを探られる気持ち悪さをできるだけ感じないようにするのが、習慣のようになっていた。

ぼくの主治医になったガン専門医は、そうしなかったはじめての人だった。

「その必要はありませんよ」

嬉しさのあまり彼を抱きしめたくなった。この瞬間からブレイチ先生との長く良好な関係が始まり、生きるために力を貸してもらうことになった。冷静で、同僚の医師によれば〝マティーニよりドライ〟だというが、思いやりのある人だった。そういう心の持ち主は、ガン治療の世界でやっていくのは難しい。助けようとしている患者の多くが、ともに闘っているその病気で命を落としてしまうからだ。

振りかえってみると、病状の深刻さを自分がどれくらい理解していたのか定かではない。ぼくはステージ2のはずなのに、ステージ4のような治療を受けている。きっと若くて体力があるから、耐えられると考えているんだろう、当時はそんなふうに思っていた。直腸ガンの場合、ステージ2からステージ4への進行はあっという間だ。治療方法にもあまり違いはない。ガン細胞はゆっくりと着実に、数か月から数年かけて増えていき、その間ほとんど症状が出ないこともある。ところがわずか数日で突然リンパ節に転移し、手遅れになることもあるのだ。

ブレイチ先生はすぐに腫瘍を小さくするための放射線治療を始め、同時に休みなく化学療法を行うよう勧めた。化学療法のために、毎日二十四時間、携帯用ポンプ――VHSのビデオテープほどの大きさの装置から薬剤が投与され、いつも不吉な音がしている――をつけることになった。十分ごとに「キュルル、ドス」という音がして、二本のポンプのうち一本が空になると、もう一本に切り替わり、ガンの治療には有効だが、体には毒になる物質が循環器系に送りこまれる。

化学療法では、抹梢挿入型中心静脈カテーテル（PICC）という細いプラスティックの管が腕の内側にある太い静脈に射しこまれ、ポンプから抗がん剤が送られる。薬物常用者が注射を打つ場所と同じだ。ちがう点は、高揚感を得る代わりに、めまいがして吐き気をもよおし、生きる気力を奪われるということだ。

感染を防ぐために、暑いベンドの夏のあいだも水に入ることは禁止されていた。ぼくは暑さが苦手で、気温が二十七度を超えるといつもプールや海に行く。水に浸かれなかったこの三か月は拷問のようだった。このことで、海や水に入ることが自分にとってどれくらい大切なことかがわかった。

　あのころはよく、川岸でデナリとボール投げをして遊んだ。冷たい雪解け水の流れに飛びこむデナリの姿を見て、自分が飛びこんだような気分を味わっていた。デナリの楽しそうな様子を見ていると、自分にはできないという気持ちをそれほど味わわずに済んだ。

　管が挿入された場所は防水保護フィルムで覆われていて、腕のその部分は消毒液と炎症のせいで赤くなっていた。夏も後半になると、ＰＩＣＣの管が少しずつ抜け、腕の外に出た部分が長くなっていった。クライマーでマウンテンバイクにも乗ると伝えていたのに、ろくに質問もしないで看護師が急いで処置をしたために、うっかり太い管を挿入していたのだ。

　ＰＩＣＣと化学療法のポンプが準備されるあいだ、放射線治療科に行き、腫瘍の位置が確認され、ぼくの体格をもとに放射線量が決められた。治療の準備は念入りになされ、左右の尻に、腫瘍の位置を間違えないように緑がかった青の消えないインクで入れ墨をされた。放射性粒子が骨盤の穴の奥まで貫き、腫瘍がある場所に的確に当たるように、鉛の鋳型が作られた。

　はじめて放射線治療を受けることになっていた朝、医師と治療について面談をしていると、クリスティという放射線技師が駆けこんできた。

「コマーフォード先生、ベンはまだ二十九歳ですよ！　いつか子供が欲しいと思うかもしれません。その選択肢が残るように治療するべきです」

　彼女が気づくまで、医師たちは睾丸をむき出しにしたまま放射線治療をするつもりでいた。

そのままだったら、最初の陽子が照射されたとたんに、ぼくの子孫が残される可能性はなくなっていただろう。

当初の計画では、生殖能力を守ることは考えられていなかったので、両ものあいだに睾丸を入れて保護する鉛製の殻を作らなくてはならなくなった。予定より遅れてしまった治療スケジュールに早く追いつくために、しばらくのあいだ、べつの患者が使っていたものを借りることになった。着け心地はよくなかった。まるで自分用ではない歯列矯正具をはめたり、ほかの人が何年も長い距離を歩いたサンダルを履くような感じだった。

ぼくが冷たい樹脂でできた狭い台の上にうつぶせになり、どうにか鋳型をはめるあいだ、クリスティは治療室の外から何か不都合はないかと尋ねてくれた。二メートル以上の長さの威圧するようなロボットアームが覆いかぶさってきた。目に見えない放射性粒子をぼくの胴体に照射しながら、九十度動くごとに止まって、音を鳴らした。何もかもが恐ろしかった。合計二十八回、治療でそこに横たわるまえにはいつも自分を説得しなければならなかった。

ぼくを担当してくれた放射線治療技師は、クリスティのほかにグレッグとヴィヴィという夫婦がいた。ふたりはスミスロックでクライミングをし、フォルクスワーゲンのキャンピングカーに猫を乗せて遊びに来ていた。クリスティと一緒に治療の合間に相談に乗ってくれて、ぼくの不安に寄り添い、このあまりに日常からかけ離れた心もとない状況で、どうにか人間らしく過ごせるようにしてくれた。

　放射線治療のあと、ぼくはセント・チャールズ癌センターから通りを渡って小さな建物に入り、抗ガン剤のフルオロウラシルをポンプに補充してもらっていた。この物質は「5－FU」と呼ばれ、腸や胸、腹部のガンの治療に使われる。ぼくはこれを、「くそくらえ《ファック・ユー》」とガンに対して五回言っているんだと思うようにしていた。

　治療を受けて家に帰ると、デナリはぼくを熱烈に迎えてくれた。ただ、弱ったぼくの体に障らないように注意するかのように、態度は控えめだった。バイロンの高級な革製カウチに一緒に寝そべり、デナリの背中に体をあずけながら、ランス・アームストロングが優勝した二〇〇四年のツール・ド・フランスの中継を見た。だが自転車の隊列のリズミカルな動きに誘われて眠ってしまい、起きると四、五時間もたっていた。

　このころ、バイロンはぼくをよくツーリングに誘った。ぼくたちは夏の暑さと砂埃をさけて、ベンド郊外の景色のいい道を、ＰＩＣＣの管を風になびかせながら走った。ほかのサイクリストと出会って、「その容器には何が入ってるんだ？」と聞かれたときには、「ドーピングしてるんだ。分けてあげようか？」と答えていた。

　ベンドのすぐ西の道で自転車に乗れるくらい涼しくなると、デナリと、バイロンの二匹の犬、ディジーとマイルスを連れていった。フィルズ・トレイルヘッドを出発し、ポンデローザマツが両側に生えた、埃っぽい曲がりくねった一本道を通ってカスケード山脈のふもとまで行った。トレイルは爽快で、ぼくもデナリも治療の息苦しさから逃れて、スピード感と顔に当たる埃っぽい空気のおかげで病気の深刻さを少しのあいだ忘れられた。

ところがそうやって自転車に乗り、クライミングをしているうちに、腕を曲げるたびにPICCの管が回転し、静脈のなかでねじれていたらしい。管がはずれかけているようだと医師に伝え、超音波検査をすると、上腕に血栓ができていることがわかった。そこで管を抜き、代わりにより細く、より柔軟性のあるPICCの管を上腕の内側に挿入した。それでずいぶんと楽になった。血栓ができないよう抗凝固薬を注射してもらうために、通りの両側にまたがる広い医療施設のなかで訪れる場所がさらに増えたうえ、まるで蜂に刺されるように痛い注射だったけれど、我慢して処置をしてもらった。これも体内に居すわる悪い細胞との闘いのひとつだと思うことにした。

ある日、友人のケイティ・ブラウンがスミスロック周辺でクライミング旅行をしたついでに立ち寄ってくれた。ケイティは有名なプロのロッククライマーで、着いてまもなく、自分もバイロンの家の空いている部屋に住みこみたいと言った。その理由を、当時のぼくはあまりよくわかっていなかった。てっきりスミスロックでクライミングをするのに便利だから滞在したがっているのだと思っていたが、ケイティはぼくの近くに住んでいる友人や家族のサポートがあまりないことに気づき、そばにいて力になろうとしてくれたのだった。

ケイティの親切はありがたかった。いてくれるだけで、最悪だった時期に気持ちをずいぶん楽にしてもらった。ぼくは助けを求めたり誰かの重荷になるのが好きではないが、母親ばかりを頼ってもいられない。デナリがいつも隣にいたし、バイロンも上の階にいてくれた。自分ではそれで大丈夫だろうと思っていたのだが、ケイティはぼくにもっと多くの友達が必要だと見抜き、そのことは、ぼくにとってとても大きな力になった。

最近、ケイティが当時のことを話してくれた。あのときは、ただ言葉をかけるだけでは助けられないから、そばにいようと思ったそうだ。

あなたは怒りにとらわれたり、自暴自棄になることもなく、とても冷静で、病気は治ると固く信じているみたいだった。「自分にこんなことが起こるはずがない」と事実から目をそらすような、後ろ向きな態度でもなかった。落ち着いて前向きに、必要な行動を取ろうとしていた。病気を受けいれているのが、とても驚異的なことに思えたわ。きっと内心ではそう思っていなかったんだとしても、わたしにはそう見えた。

デイヴィッド・コットカンプという友人もいた。六十代のタフなアスリートで、サイクリングや雪山、サーフィンにも一緒に行っていた。ある晩、彼はぼくとケイティを自宅に誘って、八〇年代のサーフィン映画を見せてくれた。

その晩はずっと笑いどおしだった。ジェリー・ロペスやレイアード・ハミルトンなどのプロサーファーが出演しているハリウッドのサーフィン映画『ノースショア』を観て、サーフカルチャーを大まじめに描きだしているのを楽しんだ。治療中、友人たちとこんなふうに笑いあうのはとても大切なことだった。ユーモアと楽天主義のおかげで、自分を哀れまずにいられた。そしてデナリや仲間たちがいてくれたから、ひとりぼっちだと思うこともなかった。

とはいえ放射線治療が進むにつれ、体のほうはどうにか我慢できたが、精神的なつらさは増していった。残りの治療回数を数えてみると、治療の三分の二を消化したところだった。金曜日は治療がない日で、恐ろしいコンクリート壁の放射線治療室に行かなくてすむのを楽しみにしていた。

用事をこなせる程度に体調がよかったので、数週間ぶりに私書箱を確認して郵便物を受けとったあと、汚れた服がたまっていたので、コインランドリーに行って洗濯をした。染みのついたダウンジャケットや、デナリの毛やスミスロックの火山灰がついた服を巨大な洗濯機に入れ、腰を下ろして郵便物でいっぱいの箱を開けた。

厚さ六センチはありそうな封筒の束のなかに、ぼく宛ての千二百ドルの小切手が入っていた。小切手をわきに置いて、添え状を取りだすと、保険会社のアフラックから送られたものだった。ずっと自動車保険に入っていたから、優良運転に対してボーナスでも出たのか、それとも保険料の間違いによる返金かと思った。

ガンの告知を受ける数週間前、自分でも体調がかなり悪いことに気づいていた。それで、自動車保険を何年も担当している営業員に電話をして、健康保険に追加で入ることができるかを確認した。それはたしかに、綱渡りのような行為だった。営業担当者は、ラケットボールほどの大きさの腫瘍がぼくの直腸のわきで成長し、ガン細胞が増殖してリンパ節のそばまで達していることは知らずに、加入手続きをした。

残念なことに、この払い戻しはありがたいものではなかった。加入時の健康状態による保険料の返還だった。ガンの診断を受けたことで、保険会社が調査したところ、保険に加入する一年前に便器に出血したという医師の所見が見つかった。そこで彼らはすぐに契約を解除したというわけだ。気落ちして家に帰ったぼくの様子にデナリはすぐに気づき、励ますような表情を見せた。

保険会社はなんとしてもリスクや責任をさけようとする。このことでぼくは財政的に行き詰まってもおかしくなかったのだが、ただ怠けていただけか、それとも無意識の直感が働いたのか、前年に加入し、解約し忘れていたあまり高くない保険があった。若手写真家の収入はわずかなものだが、高額医療費のかかる病気に対する保険料が自動で毎月四十八ドル引き落とされていることに気づいたのは、診断を受けて数か月たってからだった。まさか高額医療費のかかる病気になるとは思っていなかったのだが、こうした〝命に関わること〟へのいい加減さのおかげで、破産しなくてすんだ。それでも医療費と家計の支払いにはまだ心配はあったが、保険会社に解約されたショックはやわらいだ。

放射線治療が終わりに近づいてきたある日、トラブルに見舞われた。二十八回の放射線治療のうち二十五回目にさしかかっていたが、コマーフォード先生から、皮膚を休ませるために二、三日薬物の投与を停止してはどうかと助言された。ぼくは治療をやりとげると決意していたので、「大丈夫です。患部には痛みもほとんどありません」と言って、そのまま治療を続けるように頼んだ。先生は認めてくれたが、それからまもなく、助言を聞いておけばよかったということに気づいた。

その日の治療のあと、トイレにすわったとき、ガラスの破片が腹のなかで、結腸から直腸を切り裂きながら流れていくとしか表現できないような、とてつもない痛みを感じた。涙が顔面をぼろぼろと流れ、我慢の限界に達した。激痛に叫び、泣きわめいた。デナリはぼくの具合をいつも気にしていて、このときもトイレのドアの外で待っていた。頭と首で閉まったドアを押し開け、心配そうな目でぼくを見上げた。デナリはぼくの脚のそばで背中を丸めて、できるだけそばに寄り添った。痛みに締めつけられながらも、どうにかその耳を撫でると、心に感謝があふれた。

「ありがとう、デナリ。おまえにはひどいところばかり見られているけど、まだこれで終わりじゃない。これから、いままで以上におまえの助けが必要になる。愛してるよ、相棒」

ガンと闘っていたとき、何より焦がれたのは心を癒やしてくれる海の水だった。

ニューオーリンズで生まれ、ミシガン湖のほとりで育ったから、ぼくはとにかく水なしではいられない。とりわけ海は、いつも落ち着きを取りもどさせてくれるし、宇宙のなかでは自分などちっぽけな存在だということを思いださせてくれる。

ガンの治療中、友人や取引先の人がメキシコやカウアイ島へのサーフ旅行に誘ってくれた。そのおかげでエネルギーを満たし、穏やかな気持ちになれた。放射線治療が終わったあと、腫瘍を取りのぞく手術を受けるまでの〝オフ〟として医師たちに認められた三週間にも旅をした。〈パタゴニア〉の写真編集者ジェーンの提案で、ビショップに住む友人のリサ・Bと一緒にカウアイ島のサウスショアを旅したのだ。才能豊かなクライマー兼サーファーで、ヨガ・インストラクターでもあるリサは、当時関節リウマチのために手足の動きが不自由になっていた。炎症を抑えるために受けた薬物療法が原因で関節が動かなくなり、ドアノブをまわすのにも苦労するようになっていた。

ぼくはリサを誘って、ガンと診断される一年前に滞在したカウアイ島のビーチまでハイキングをした。ぼくたちはトレイルの中間点を示す六マイル（約九・六キロ）の標識のそばでキャンプをすることにしていた。そこを過ぎると、ルートはさらに険しさを増す。すばらしい景色を眺めながら植物の茂る谷や川の合流点を通っていくあいだも、雨はずっとやまなかった。

この日は歩きはじめたときから皮膚が敏感になっていて、テントを張るころには、一歩歩くたびに肛門が裂けそうな感覚があった。それで恥ずかしさを我慢して、その部分を見て、何か処置をしてもらう必要があるか確認してほしいとリサに頼んだ。

リサは勇敢にも引きうけてくれた。ぼくはもう一度自尊心をわきに置いて、内臓が尻から落ちかけているにちがいないと信じてボードショーツを下ろした。

「かわいいお尻の穴ね。ほとんど毛がないけど、残っているのは全部金髪なのね。何も問題ないわ」

ぼくは感謝して寝袋に入った。ありがたいことに、ぼくの尻はまだ無事らしかった。

つぎの日の夕方、地面がむき出しの赤土になったところに達したときも、まだ土砂降りだった。いつもならここはこのハイキングのなかでいちばん好きな場所なのだが、このときは雨で土がぐちゃぐちゃになっていて、危険だった。サンダルの下にも内側にも泥が入りこみ、ぬかるみに足をとられて、一歩ごとに滑った。手と膝で地面をひっかいて進み、杖を支点にして急な丘を越えた。百五十メートル下では太平洋が渦を巻きながらうねっている。落ちたらどうなるかを想像せずにはいられなかった。夕暮れにはようやく雨脚も弱まり、広いビーチに出た。その近くに、その晩眠る予定の洞窟があった。

尻が痛くて、海に入ってこの不快さをやわらげることしか考えられなかった。海の状態をろくにたしかめもせずに、浜辺に打ち寄せる波に頭から飛びこみ、水平線に向かって泳いでいった。肌が海水に触れ、波が思っていたよりもずっと大きいことに気づいたのと同時に、焼けるような感覚が下半身を襲った。浜辺まで戻るには、脊椎を痛めずに身長の一・五倍もありそうな波をくぐらなくてはならない。波の合間を選んで、岸に向かう小さな波に助けられて浜に戻った。尻は海水と砂まみれで、苦笑いをしてリサのほうを見ると、心配そうな顔で目を丸くしていた。

ぼくたちふたりは病気と悩みを抱えて化学療法を受けて、いったん治療から離れるために旅に出ていた。体の不調を受けいれ、ロングボードを使い、キャンプの近くのリーフブレークの小さな波に乗った。日の出とともにビーチに出て、地元の人々が美しいラインを描いて波に乗ったり、ボードの上でハワイ英語で笑いながら話しているのを眺めたりした。それがストーマ袋をつけるまえにボードショーツを穿いた最後の機会になったのだが、そのことを意識していたかどうかは覚えていない。

カウアイ島での時間も終わりに近づいていたある日の夕暮れ、リサとサウスショアの砂洲でできた潮だまりに沿って歩き、〈パタゴニア〉に送るために人々が楽しく過ごしている様子を写真に撮った。潮だまりでいつものように腰をかがめ、ヨガの花輪のポーズをとって撮影していると、サンダルが滑り、ニコンF5と十五ミリの魚眼レンズを持ったまま転んでしまった。カメラが海面に落ちないようとっさに両手を掲げたが、最初に尻が海底につき、腕が下に引っぱられて大きなカメラが海水に浸かった。すぐにバッテリーを引き抜いたが、電気回路からおかしな臭いがしていて駄目になったのがわかった。

最初のカメラ、ニコンN90sを買ったのは二〇〇〇年だった。その後、報道機関ですらフィルムカメラを見かぎり、便利なデジタルカメラが使われるようになっていた。ぼくの取引先ではもう少し切り替わりが遅かった。プロカメラマン仕様のデジタルカメラはそのころ八〇〇万画素しかなく価格は新品で八千ドルもした。しかも、性能はいまのｉＰｈｏｎｅにも劣っていた。

ガンになり、放射線治療や化学療法を受けていたころに撮った写真は、どこか冴えず、ありきたりなものばかりだ。それでもアウトドア業界の取引先によるサポートのおかげで、ぼくは仕事を続けられた。なかでも〈パタゴニア〉は、診断を受けたその日からただの取引相手ではなく、家族として迎えてくれた。カメラを持ちつづけることができたのは彼らが支えてくれたおかげだった。

日焼けしてカウアイ島から帰ってくると、手術を担当するヒギンズ先生に検査をしてもらった。手術を受けられる状態にあると判断され、数日後に手術することになった。リスクはよく理解していた。悪性腫瘍は排尿や勃起機能に関わる神経の束の近くにあり、ヒギンズ先生によれば、術後に勃起不全になる可能性は五十パーセントだという。まだ三十歳にもなっていなかったから、生きるために必要な手術とはいえ、失敗したときのことを考えるととても恐かった。

目を開き、セント・チャールズ癌センターの病室がゆっくりと視界に入ってくると、手術助手でクライミング仲間でもあるアジーン先生がベッドサイドに静かにすわっていた。彼はぼくの上に身を乗りだし、手術は大成功だったと言った。直腸の腫瘍だけでなく、炎症を起こす寸前だった虫垂も切除し、ヘルニアも摘出したと教えてくれた。

「一石三鳥だ。内臓のほかの部分は健康だったよ。よかったら写真を見るかい？」

不思議なくらい痛みもなかったので、ぼくは楽天的になり、友人たちに電話やメールで連絡した。〈パタゴニア〉の写真部門にも電話をかけ、ジェフ・ジョンソン（当時は社内の写真家だったが、その後、ドキュメンタリー映画『180°SOUTH／ワンエイティ・サウス』に出演して有名になった）と話をした。手術は成功だった、最高の気分だと伝えた。

だがそれは長く続かなかった。局所麻酔が切れたとたん、すべての感覚が一挙にやってきた。あまりの痛さにすわっても立ってもいられない。しかも長時間の開腹手術のせいで筋肉が弱っていた。痛みはあまりに強烈で、精神状態もすぐに悪くなっていった。

そこに、デナリが入ってきた。母と看護師がこっそり病室に入れてくれたのだった。デナリはぼくから視線を離さず、もう絶対にそばを離れないと訴えているようだった。ベッドのわきに横になり、しっぽをゆっくりとタイルの床に打ちつけた。ぼくをじっと見て、おいでと言われるのを待っている。

「もちろんいつだってぼくの隣に来てくれていいんだよ」ぼくは声をかけ、手を叩いてデナリを呼びよせた。

デナリは点滴の管や酸素濃度計をよけてそっとシーツの上に乗った。それから心配そうに、もっとそばに寄ってもいいかと尋ねるかのようにぼくの顔をうかがった。近くにおいでと言うと、ゆっくりと動き、ぼくのわきでそっと身を丸めた。このときと同じ気づかいを、デナリはそのあと数か月のあいだに数えきれないほど見せた。それは言葉にできないほどの愛と支えだった。

局所麻酔が切れたころ、ジェニーも面会に来てくれた。彼女の思いやりに触れていると、傷の痛みを忘れることができた。

手術後しばらくは、すわって上半身を起こすこともできなかった。病院のほかの科で理学療法士として働いている友人のショーンディが一日に何度か病室に来て、すわり、立ちあがり、それからゆっくりと歩けるように手を貸してくれた。何日かして、ようやく自分の病室のなかを歩いて一周することができた。ぼくはショーンディにハグをして感謝を伝えた。

退院が近づくにつれ、なぜか自力で小便ができなくなった。点滴のスタンドを押してトイレに行き、どうにか便座にすわって、温水シャワーを流しながら排尿しようとがんばってみた。言うことを聞かないペニスを見下ろし、たまった中身を出してくれと膀胱にお願いした。便器を川のように流れる水を見ながら、ついにあきらめてコールボタンを押し、看護師にカテーテルでの排尿を頼んだ。看護師が長さ四十センチのカテーテルの先端に潤滑油を塗り、それをペニスの先端から尿道へと差しこみ、膀胱から尿がそのなかを流れていくのを見るのは恐かった。気持ちの悪さは、膀胱が軽くなると安心感に変わっていった。だがその心地よさをさえぎるように、尿が二リットルほど入った容器を慎重に扱いながら、看護師が「あら」と声を出した。「ずいぶんためたのね」

「困ってるんですよ。どうしようもなくなるまでカテーテルをお願いできないし」

それまでの人生で、いっぱいになった膀胱の中身を自力で出せなかったときほど、妙な居心地の悪さとやるせなさを感じたことはなかった。

尿が出ない原因を探るため、ヒギンズ先生はもう一度CTスキャンをしてみようと言った。検査してみると、腫瘍を切除したあとの直腸の空洞に膿瘍ができていた。それが細菌に感染し、膀胱につながる神経を圧迫していたらしい。

細菌に感染した部位にJPドレーンを挿入する処置が行われた。JPドレーンとは、体内から液体を排出するためのプラスティックの管で、手榴弾のような形の容器につながっている。それを絞ってから患部に挿入して液体を吸いだすことで傷口が濡れずに感染を防ぐことができる。

一週間後、病院内を何周か歩いてまわれるまでに回復し、感染も抑えられているようだったので、退院の許可が下りた。すごく嬉しかった。デナリに会うなり、ぼくは言った。

「デナリ、どこにハイキングに行きたい？」

何週間か消毒された病院の廊下しか歩けなかったから、どこか新鮮な空気が吸えるところへ行きたかった。

手術から数週間ほどたったころ、バイロンが家でバーベキューパーティを開いた。屋内に入って小便をしようとすると、また出なかった。ぼくは意志の力を総動員して、エネルギーを下腹部にすべて集中させた。バスタブに入り、シャワーを滝のように浴びながら、その温かさで筋肉がほぐれて膀胱から尿が出てくるのを願った。

だが何をしても無駄だった。ヒギンズ先生の携帯電話にかけた。

「先生、また尿が出なくなりました」

「なんだって。聞きたくないだろうが、また細菌に感染しているかもしれないから、すぐに病院に来てくれ。自分で運転できるかい？」

「マイルス、やめろ！」

バイロンの犬が熱いバーベキューグリルに顔を突っこもうとしていた。と、そのとき温かい尿が脚を伝って流れていくのが感じられた。

「うわっ、ええ？　おかしいな……尿が出ました！　今から病院に行きます」ぼくは電話に向かって声をあげ、ズボンを下ろしてみて安心した。

急いで病院へ行き、受付を済ませると、すぐに集中治療室に入れられた。看護師は点滴を用意し、心電図のパッドを胸に貼りつけた。機械が音を立て、光が点滅した。翌日には手術をすることになり、まだ暗くなっていない時間だったが、眠ろうとした。

「まだ起きてる?」看護師が尋ねた。「面会の人が来てるわ」

ケイティとバイロン、それからプロクライマーの友人、アダム・スタックが入ってきた。

「クレープを持ってきたよ。ブルーベリー入りの」

ちょうどその日の朝、ケイティに好きな食べ物を聞かれ、子供のころから、大きくなったらチェリーとブルーベリーを載せたスウェーデン風パンケーキを誕生日に食べるのが夢だったと話したところだった。感謝の気持ちがこみあげ、思わず泣きそうになった。

「ありがとう」ぼくはどうにか声を出した。「ほんとうにありがとう。きみたちが来てくれてすごく嬉しいよ。また入院しなきゃならないのがつらい。恐いしうるさいし明かりが強すぎるし。病院はいちばんさびしい場所だ」

全員がぼくのほうに来て、ハグをした。「もう大丈夫。わたしたちがついてる」

かつて直腸だったところにできた、感染した膿瘍を切除する手術を受けた。ヒギンズ先生は、尻の割れ目と平行に肛門から管を通した。ゴムのような素材でできた直径四・五センチのこの管を通じて、かつての肛門のあたりから膿瘍が排出される。

ぼくはまたしても自尊心を抑えて生理用ナプキンを買い、しばらく着用することになった排出用の管から漏れ出した液体を吸収できるように、下着の裏地に貼りつけた。

集中治療室から出て数日後、切開された腹部の痛みを抑えるために鎮静剤を打ってもらっていたころに、ちょっとした運動をした。クライミング仲間の写真家ダンとスケートボードをしに行ったのだ。ベンド郊外に新しい分譲地が作られていて、そこの道路は舗装したばかりで車はまだ一台も通っていなかった。感覚を思いだしながら滑っているぼくを、ダンが撮影した。ボードの先端に乗り、前輪に体重をかけて地面に摩擦をかけてゆったりとカーブしながらダンの前を通りすぎた。

ところが、スピードを出して通過したとき、車輪が松の葉に乗って急ブレーキがかかり、ぼくは激しく転倒した。右の尻をつかみ、手術の傷跡を押さえた。鎮痛剤も効かないほどの激痛で、まるで新しい肛門が開通したみたいだった。

膿瘍を取る手術をして間もなく、友人たちがぼくの治療費を援助するためにチャリティ・オークションを開催してくれた。このころは立っているときより、すわっているときのほうが痛みがひどく、どこに行くにも軟らかいクッションを持ち歩いていた。このとき〈パタゴニア〉や〈プラナ〉といったアウトドア企業がぼくにしてくれた支援は、気前がいいなどという言葉ではとても言い表せないほどで、そのオークションのために寄付してくれた用具は、バイロンの家の空き部屋に積みあげると床から天井まで届くほどだった。

イベント当日、夜が明けるまえにビショップに住んでいる友人でクライミング仲間のケリーとジョイが早めに着いて、私道から電話をくれた。ぼくはふたりを招きいれ、長いハグをして、乾いたスポンジが水を吸うように彼らの愛情を吸収した。「はるばる来てくれてありがとう！」そう言って感謝したけれど、まだ体は疲れていた。もう少し眠る必要があると伝えると、ふたりは一緒にいてもいいかと尋ねた。デナリと並んで横になって休んでいるあいだ、両側から手を握っていてくれた。その静かな時間にぼくはふたりの優しさをあますところなく感じた。そのころのぼくは、友達から親切にされたり、エネルギーをもらうことにひどく飢えていた。

誰もパーティに来てくれないのではないかとも思っていた。感染症による二度目の手術で弱っていて、痛みもあった。だから、クライミングや写真の世界の憧れの人々が四百人近く集まり、治療費への寄付金が三万五千ドル（約三百八十万円）に達したときは信じられなかった。彼らは大きな愛で、手術以来ぽっかりと空いていたぼくの心の隙間を埋めてくれた。少なくとも五人のプロのカメラマンが来ていたのだが、その夜の写真は一枚も残ってない。それでも、集まってくれた人々の支えはいまも変わらずぼくの心のなかにある。

その翌日、滞在していた人々は家に帰り、それぞれの日常に戻っていった。数えきれないほどのハグや励ましの言葉をもらったというのに、すべてが急になくなってしまうと、ぼくはその変化についていけずに、それまでに感じたことがないほどのさびしさを味わった。横たわって自分を哀れみ、もうガールフレンドはできないだろうと思った。そして愛されるだけの価値が自分にはあると思えるような理由を必死で探した。さびしくて耐えられないと思ったとき、デナリがベッドに飛び乗り、優しくぼくの胸の上に頭をのせた。〝ぼくはきみのそばを離れない〟、デナリのきらきらと光る瞳が、そう言っているようだった。「いままで以上にきみが必要なんだ」とぼくは言った。「こんなにつらいなんて、想像もできなかった」

オークションのあと、買い手のつかなかったものを眺めて過ごした。プロサーファーで映画監督のクリス・マロイは映画のDVDをいくつか寄付してくれ、十六ミリ映画『シェルター』にはサインもしてくれた。このDVDジャケットに、彼はこう書いた。「できないことなんて何もない」

当時十六歳だった彼の従兄弟で、いまはコマーシャル・ディレクターのブリット・カイユエットがその映画のなかで言ったセリフだ。ブリットは骨肉腫にかかり、片脚を膝のすぐ上から切断する手術を受けた。手術後はじめてのサーフィンで、ブリットは恐くてなかなか海に入れないが、ふたりの従兄弟キースとダン・マロイに両側から支えられ、松葉杖をビーチに放り投げて言うのだ。「できないことなんて何もない」それはとても感動的なシーンで、化学療法を受けているあいだ、ぼくはこの映画を繰りかえし観て、おかげでほとんどのセリフを覚えてしまった。

二度目の手術から三週間ほどたったころ、ようやくスミスロックで軽いクライミングをするだけの体力が戻ってきたと感じた。ウォーミングアップをしてから、覆いかぶさるような壁面を見上げた。クライマーや写真家にはチェーン・リアクションという名で知られる岩壁で、難易度は５・１２ｃだ。この美しい壁はこれまでに何度も雑誌の表紙を飾っている。ぼくはその壁面を登るのが大好きで、このときは体の使いかたを何度もイメージした。自力で安全確保ができるだろうか。そのとき体はどんな感覚になるだろう。下のほうの難しい壁面をどうにか登り、クイックドローを四十五度の急な側面の端にかけた。

頂上に上がる最後の動きは、垂直な壁に当てた両足に力を入れるため、全身が緊張する。ぼくの腹部は手術で文字どおり裂かれていたため、筋力がとても弱くなっていた。ほんの二、三週間前には、まっすぐにすわっていることすらきつかったのだ。両足で壁に踏ん張った体勢を保てず、足を滑らせた。壁面の角ばったところを右手でつかみ、左手で大きな突起を握ったまま、両足が下にだらりと垂れた。何度も壁面に足をかけようとしたが、腹にまるで力が入らない。宙づりになって、吹き流しのように風に吹かれて揺れていた。あきらめてロープに体重を預け、下に向かって声を出した。「降ろしてくれ」

一時間ほど休んだあと、もう一度挑戦してみることにした。今度は同じ場所まですばやく、力を温存して滑らかに登ることができた。頂上の縁に手を伸ばし、右手でしっかりと突起に留め具をかけ、滑らないように足に力をこめて壁に押しあてた。体幹の筋肉は使いものにならないため、尻を回転させて一歩ずつ足を上げて、しっかりと突起を踏みしめる。

両脚で踏ん張り、胴体に力が入らないまま、体を押しあげた。大きな突起に留め具をかけ、左足を後ろに振りあげて、戻ってきた左の踵《かかと》を左手で押さえて固定した。その左足に体重を預け、いったんしゃがんでから体を持ちあげ、さっきまで手で握っていた場所の上に立った。

この成功で気分が晴れた。戻ってきた。手術を受けたあとでも、まだクライミングできる。ストーマ袋をつけていてもできるんだ。

降りていくと、デナリがよくやったというようにしょっぱい腕をなめた。

友人たちはみなハグをしてくれた。下で見ていたクライマーのなかには知らない人もいて、ガンの闘病中だと話すと、彼女は静かな口調でこう言った。「こんなに勇気づけられたことはないわ」

ぼくが？　誰かを勇気づける？　それまで、自分の苦しみが人を勇気づけることなど思ってもみなかった。それからしばらくは、この何気ない一言がぼくに力を与えてくれた。

二度の手術から回復し、腫瘍はなくなったが、いちばんつらい治療はまだ残っていた。切除した場所のまわりにガン細胞が残らないように、八回の集中的な化学療法を受けなければならない。初回の投与のまえ、化学療法室で主治医のブレイチ先生はぼくの斜《はす》むかいにすわり、なんの遠慮もなく尋ねた。

「精子の保存はしてあるかい？」

ぼくは首を振った。「したほうがいいですか？」

「この化学療法で、きみの生殖能力にどんな影響が出るかはわからない。万全を期すなら、精子を保存したほうがいいだろう。でもそのためには、ポートランドまで行くことになる」

「初回の治療のためにここに来たんです。始めてください。真剣につきあっているガールフレンドもいないので、命を守るための最善の治療をお願いします。ほかのことはあとで考えます」

車で三時間も移動して、そこでコップのなかに射精するなんて、とても耐えられない。そんなことはどっちでもよかった。

「犬を連れてきてもかまいませんか?」ぼくは看護師に尋ねた。もうデナリが恋しかった。そばにいてくれるだけで心が落ち着く。

「残念ですが、犬は入れられないんです」看護師は答えた。

化学療法を受けたことがなければ、その部屋は一見、ただの談話室と何も変わらないように思えるだろう。空港に置かれたマッサージチェアのような革製のゆったりとした椅子が、風景写真の張られた壁際に並んでいる。患者たちのあいだを、にこやかで親切な看護師が歩きまわっている。だがよく見ると、その笑顔には少し暗い影がある。つらい治療をしても効果がない患者もいると知っているからかもしれない。看護師たちはみな、肘まである厚い手袋をしている。椅子の上から、有害廃棄物のマークがついた液体の容器がぶら下がっている。椅子にすわっている何人かは、髪の毛が抜け落ちて、無気力なあきらめの表情を浮かべている。それでも、自分を律しながらも希望を忘れず、人生の一瞬一瞬を大切に過ごしている患者もいる。人は子供が生まれたり、自分の死を間近に感じたりすると、人生の優先順位ががらりと変わってしまうことがあるものだ。

ぼくは隔週の月曜日に化学療法室に行き、五時間かけて化学療法を受けた。

有害な液体が自分の血管に流れこんでいくのを見ていると、いつもその皮肉さを感じた。化学療法を受けたことのある人なら誰でも知っているように、この病気を克服するためには、まず重金属による強烈な副作用に耐えなければならない。それらは病気を死滅させるまえに、まず患者の体を破壊しようとする。

八回におよぶ化学療法が始まるまえ、腐食液から静脈を保護するCVポートが胸に埋めこまれた。この小さな循環装置には、ゴムでできた薬瓶のような直径三センチほどの容器がついていて、なかに注射液が入っている。そこから管が静脈に射しこまれる。ペースメーカー同様、鎖骨の十センチほど下の皮膚の下に埋めこまれたポートに、看護師が巨大な注射針を押しこむ。ぼくは安っぽいSF映画に出てくる、怪しい実験の被験者のような気分になった。

毒性を抑えるために、薬は少しずつ投与された。手袋をはめた看護師が時間をかけて根気よく一回分ずつ、胸の皮膚の下にあるポートに注入した。

化学療法室での長い一日を終えて車で家に帰る途中によく、指に神経障害が起こり、それからゆっくりと手や腕がしびれた。白金《プラチナ》製剤のオキサリプラチンによる典型的な副作用だ。極端に寒さに弱くなり、凍えるような真冬には、いつも手袋とマフラーを身につけなければならなくなった。

寒い十二月の晩、ちょうど二回目の投与を受けたあと、家に帰る途中に郵便局に寄って郵便物を回収した。郵便箱の鍵を持ったときにはもうしびれはじめていた。マット・コスタの初のEPで、お気に入りの「アステア」という曲が入っている『MATT COSTA』が届いていた。通院用に買った古いホンダ・シビックに戻ろうとしたとき、しびれのせいで、急に体が動かなくなってしまった。しかも車のキーを車内に置き忘れたことに気づいた。幸い、これまでにも何度かやってしまったことがあったので、近くの雪に埋もれた棒をつかんでドアに差しこみ、手が完全に動かなくなってしまうまえに解決しようと急いだ。もう手の感覚がなくなるというとき、やっと開いた。家までの十分ほど、ハンドルもシフトレバーもうまくつかめずにひやひやしながら運転した。

しびれは毎日の暮らしにも影響した。水道水も冷蔵庫に入れた飲み物も、化学療法後四日目まではすべて温めてからでないと飲めなくなった。それにうんざりすると、〝燃えるような〟感覚が喉を下りていく感触を味わうためだけにアイスクリームを食べた。とりわけ顔は寒さと風に弱く、それでも顔を覆う防寒具を着けたりして、できるかぎりスノーボードに出かけた。そしていつも、病院で許可されたぎりぎりの行動を試した。ただ、デイヴィッドとノルディックスキーに出かけたときは少しやりすぎてしまった。山頂でぼくが登ってくるのを待っていたデイヴィッドは、ぼくの様子がおかしいことに気づいた。

「調子が悪いんじゃないか？　疲れてるならもう戻ろうか」

「らいじょーぶら」ぼくはまるで歯医者から戻ったばかりのように、ろれつが回らなくなっていた。顔を保護し忘れていたのだ。神経が完全に麻痺し、鼻水が垂れ、言葉は間延びしていた。デイヴィッドはきっぱりと言った。「すぐにロッジまで連れていく。さあ行こう」

あのころは、ソファに横になり、自分を哀れまないだけで精一杯になってしまうこともあったが、デイヴィッドのような友人が外に出るきっかけになってくれた。治療がかなりつらいときも、彼はぼくのところへ来て、一緒にいてくれた。

それから何年もして寛解したあと、デイヴィッドと朝ごはんを食べに行った。彼はちょうど慢性リンパ性白血病と診断されたばかりで、アドバイスを求めていた。奇跡的に、ぼくと同じブレイチ先生の助けもあり、彼は病気を克服した。いまもベンドのクライミング・ジムで会うし、道で彼のベンツ・スプリンターの改造車とすれちがうこともある。

化学療法を受けたあと、いちばんつらいのは二日目から四日目だ。血管に入った化学物質が最も重い副作用をもたらすからだ。装着している携帯用ポンプを通じて、最初の二日間に二度目の投与が行われる。それは十分おきに音を立て、残酷なほどの正確さで体内に薬物を送りこむ。吐き気がしてみじめな気分になり、制吐剤や医療用大麻の助けを借りてどうにか過ごす化学療法の二日目から四日目までのあいだは、とてもひどい状態だった。デナリはその様子をじっと見守っていた。人と接するだけのエネルギーがないとき、一緒にいられるのはデナリだけだった。気分があまりに悪く、話すことすらできないときも、デナリは何時間もぼくに寄り添い、寝る時間になるまでごはんをあげ忘れていても、昼間から何時間も眠ってしまっても、気にしているそぶりを見せなかった。

これが犬の愛のすばらしさだと思う。デナリはぼくに何も求めようとせず、毎日ぼくのつらさをスポンジのように吸収し、受けとめてくれ、いつでも愛し支えてくれた。

集中的な化学療法の半分が終わるころ、バイロンに新しい恋人ができた。家のなかの場所を空け、プライバシーを確保することが必要になったので、ぼくとデナリは新しい家を探すことにした。バイロンは部屋を無料で貸してくれていた。それは離婚のさびしさを埋めたい彼と闘病中のぼくの双方にとって都合がいいことだったのだが、もうそうは言っていられなかった。共通の友人から、ひと月たった百五十ドルで借りられるバンガローがあるという話を聞いた。家が建ち並ぶ小さな通りにあり、裏にはデシューツ川が流れ、ベンドの中心街には歩いて五分か十分で行ける場所だ。おまけに、新しいルームメイトのコートニーは優しくてつきあいやすく、ぼくとデナリを歓迎してくれた。

よく晴れて暖かい一月のある日、ぼくは荷物を新しい家に移した。そこに着くと古い正面玄関は開け放たれ、なかのステレオから心地よいレゲエのビートが響いていた。家は修繕する必要があったけれど、めったにない掘り出し物だった。デナリと一緒に暮らし、あと四回の化学療法を受けるには最高の場所だ。副作用は蓄積していて、回を追うごとにつらくなっていた。オキサリプラチンの副作用で両手に、とくに指先に深刻な神経障害が起きていた。このままでは一生手がまともに使えなくなるのではないかと心配になり、ブレイチ先生に同じくらい強力な抗ガン剤はほかにないかと尋ねてみた。

「クライミングをして、ギターを弾いて、カメラを使えるようになりたいんです」

するとと、先生はべつの薬に変えてくれた。この文章を入力しているいまもそのことに感謝している。新しい薬のおかげで、髪の毛は抜けなかった。指のしびれもなくなった。ただし吐き気はひどくなって、家のなかで吐いてしまい恥ずかしい思いをすることもあった。

化学療法のつらい一日のあとに、コートニーがおいしくて栄養のあるスープを作ってくれたことがあったが、喜んだのもつかの間、すぐにひどいことが起こった。ぼくは、彼女に感謝の言葉を言うなり、すぐに冬の夜のなかに飛びだし、地面に膝をついた。その瞬間に食べたものを胃袋が裏返しになるほど洗いざらい吐いてしまった。

その晩はあまりに体調が悪く、コートニーの飼っている猫のビルをデナリが追いかけていたことに気づかなかった。逃げたビルは、隣の庭の巨大なポンデローザマツに登っていた。つぎの朝、高い枝から猫の鳴き声が聞こえてきた。まだ副作用でふらふらしていたが、ビルを助けなくてはならなかった。六メートル上の枝にロープをかけ、ビルのところまで両手でたぐって登った。寒い晩を外で過ごさせたことを謝って、袋に入れて下に降ろした。

隣に住んでいる夫婦は、夫のほうはジョン・スターリングといい、妻のヘザーは以前〈パタゴニア〉で働いていた。ジョンは環境保護団体〈コンサベーション・アライアンス〉の理事だった。危機に瀕している自然環境を守るためにアウトドア企業が共同で設立した団体で、毎年寄付を行っている。保護活動を行う非営利団体への助成金は、現在では毎年数百万ドルにのぼる。将来の世代のために、みなが楽しめる場所を保全してくれているのだ。

ジョンとぼくが揃って自宅で仕事をしているときには、彼はよくポーチに出てマンドリンを弾き、写真の編集をしているぼくの部屋の窓に松ぼっくりを投げて、ギターを持って出ていくまでやめなかった。そのジャムセッションは週にひと晩行われるようになり、ぼくはジョンのギターに合わせてアップライトベースを弾くようになった。その後ヘザーも参加して、ギリアン・ウェルチの曲を歌ったり、ぼくがお気に入りのグレッグ・ブラウンの曲を歌うときには伴奏をするようになった。

化学療法のもうひとつの副作用は、においに過敏になったことだった。それはストーマ袋に少し漏らしていることに気づいたり、犬の糞を踏まずによけるのには役立つが、いらいらさせられることもある。ひとりでさっと食事をしたいときには、〈ピザ・モンド〉という店に行っていた。ただしそのときは、手を洗ってから店に入らなくてはならなかった。店のトイレを使うことになると、そこの石けんは化学療法室に置かれているものとよく似ていて、吐き気に襲われるのだ。

化学療法の日の帰り道にはよく〈ホールフーズ〉の通路でデリケートな胃でもおいしく食べられるものはないかと探したものだ。体を温かくするために、そのころはたいてい〈パタゴニア〉の柔らかくてけばだったフリースジャケットを着ていた。そのジャケットには磁石のように人を引き寄せる力があって、女性の買い物客に肩を撫でられたり、ハグをしてほしいと言われたり、ジャケットを触ってもいいかと尋ねられたりした。ガンとの闘いで孤独だったから、それはむしろ嬉しいことだった。

ぼくはさまざまな面で、まだ体力を取りもどしている途中だった。あまり力は出なかったが、デナリは元気な盛りだったから、たくさん歩く必要があった。スミスロックやベンド周辺の森に小旅行をするのは、病院通いの合間のいい気分転換になったし、治療でひきこもりがちな気持ちを立て直すのにも役立った。デナリを運動させることが、外に出て高地砂漠の新鮮な空気を吸う動機になった。デナリのいつも直感的な友達作りやアウトドアでの行動で、ぼくは自分という存在の中心にあるものに触れることができた。自分が何を目指しているのか、どうして生きるために闘っているのかをいつも思いださせてくれた。

あるとき、友人のシンディとトレイルランニングに出かけた。出発のまえにチョコレートチップ・クッキーを作っていた。帰ってくると、たがいの飼い犬を家に入れて、外に夕食を食べに出かけた。トレイ二枚分のクッキーがカウンターに置きっぱなしだったのをすっかり忘れていた。化学療法でぼんやりしていたせいもあっただろう。

夕食から戻ると、クッキーが全部なくなっていた。犯人はたしかではないが、たぶんデナリと、シンディの犬のスポットが力を合わせてやったのだろう。クッキーには犬の体によくないダークチョコレートが入っていたので、念のために獣医に勧められた催吐薬を与えた。デナリはすぐに反応し、庭で胃のなかのものを五分間かけて吐き出した。ぼくはどうすることもできず、その姿に同情した。「ぼくも一日に十回は吐いているから、気持ちはわかるよ」それからスポットのほうを見ると、何事もなさそうにじっとしていた。気持ち悪かったはずだが、意地を張って吐かずにこらえていた。二匹はすぐに回復したけれど、それからは焼き菓子をカウンターに置かないようにした。

集中的な化学療法をしていたとき、ある医師の奥さんから、キースという地元の鍼《はり》師を勧められた。彼は年にひとりだけ無料で治療を引き受けることにしていた。その枠でぼくを診てくれるだろうということだった。治療のあいだはほとんど仕事にならなかったから、鍼のことも漢方のこともよく知らなかったけれど、お願いすることにした。キースはぼくの体の治癒に力を貸してくれた。東洋医学の方法は、理解できないまでも体の奥深くで感じとることができた。ぼくの免疫は化学療法や放射線治療のために弱まっていたが、細い鍼や調合した漢方薬のおかげである程度は回復した。

第七章　騒々しいストーマ袋

ベンがこの先ずっと、お腹につけたビニールの袋にうんちをしないといけなくなったときは、心から同情した。それまでもずっとぼくのうんちを袋に入れてきたんだから。

——ショートフィルム『デナリ』より

ガンになって身体的に最も困難だったのは、人工肛門を形成して、ストーマ袋をつけたことだった。ストーマ袋をつけるのは自己イメージの面でも、日々の排便という面でもなかなか慣れることができなかった。いつも、それに遠くへ旅行する場合はなおさら、ストーマ用具を忘れてはいけない。気を抜くと、恥ずかしい事故が起こるかもしれない。手術を受けたとたん、ぼくは暴れる消化器を静かにさせる方法を学ばなければならなくなった。それにはこれまでの経験はまるで役に立たなかった。

心理的な影響は、さらに大きかった。手術のあと半年くらいは、シャワーを浴びるときにカーテンを閉めて体の変化を見ないようにしていた。反対の壁にかかった鏡に変わり果てた自分の体が映っているのは耐えられなかった。ちらっとでも目に入ると、自信は消えてなくなった。どんな女性がぼくに魅力を感じるというんだ。もう人前でシャツを脱ぐこともできない。そんな思いでいっぱいだった。

この不慣れな袋に適応するまでには、いろいろなことが起きた。ぼくはよく、自分の体さえ思いどおりにできない幼年期に退行してしまったような気がした。部屋を汚してしまったときは、泣きそうになりながら自尊心を押し殺して掃除した。そんなときは、ぼくを見るデナリの目が輝いているように思えた。**たいしたことじゃない。ずっとぼくのうんちを始末してきたじゃないか。**

人前で腹を出すと袋を見られてしまうのではないかと恐れて、ぼくは股上の深いジーンズでウエストを隠すようになった。シャツを脱いでクライミングをするときはハーネスで隠せたが、ほんとうに警戒心を解いて安心できるのはひとりのときか、デナリと一緒にいるときだけだった。デナリはぼくが不安なときも落ち着いて、ただそこにいてくれた。ぼくを支え、安心させるように優しく寄り添ってくれた。信じられないことだが、ほんの少しのあいだ静かにデナリに触れているだけで不安は消えた。そういう時間があったからこそ、ぼくは自分を哀れまず、生きていく自信をもう一度手に入れることができた。

手術後に傷口のケアとストーマを担当した看護師は、三十年この仕事をしてきたが、人工肛門の位置を自分で選んだ患者はぼくがはじめてだと言った。ストーマ袋のサンプルをいくつか自宅に持ち帰って、腹の数カ所に当てて試してみた。クライミングのハーネスをつけ、袋のまわりを動かしてみて、いちばん活動の邪魔にならない場所を探した。結局、クライミングでハーネスが動いたときも当たらないくらい低く、股間からほどよい距離がとれるくらい高い位置に決めた。

同じ看護師の指示で、ストーマを利用しているほかの患者から新しい生活に慣れるためにアドバイスをもらった。いい人だったが三十歳も年上で、体調もすぐれないように見えた。ぼくはすぐに話を真剣に聞くのをやめてしまった。クライミングやサーフィンをする二十九歳のぼくに、この人が何かアドバイスできるとは思えなかった。それに、五十代後半の太り気味の男性から〝活動的なライフスタイル〟についてのアドバイスをされても、取りいれるほうが難しかった。ぼくたちはあまりにちがっていた。彼はゴルフが中心の生活で、ぼくのほうはすぐにでも波に乗り、ロッククライミングをしたいと思っていたのだ。

黙ってぼんやりと話を聞いていると、彼はいまだにゴルフを楽しんでいることや、毎日〝洗腸排便〟をしているという話をした。ぼくはその言葉を聞いて身を乗りだし、意識を集中した。腸を洗浄することでハンディキャップを克服しているという。「人生が変わるよ」と彼は言った。そんなはずはないだろう、ありえない、と思ったが、驚いたことに、彼のアドバイスはこの病気にかかったあとに聞いた、どんな言葉よりも価値のあるものだった。このことは、人を見た目で判断してはいけないという教訓になった。彼の言葉を、ぼくはそれから十五年、毎日ずっと思い起こしているのだから。

もしほんの少しでもうまく排便できる方法があるなら、調べてみる価値はあると思った。はじめに尋ねたガン専門医は洗腸についてはほとんど知らず、ネット上にもはっきりとした情報はなかった。集められるだけの情報を集めて、はじめて〝前の肛門〟から腸を洗浄してみた。

ところが、まるでコメディのようなありさまになった。二リットルの袋に体温と同じ温かさのぬるま湯を入れ、それを肩の高さまで持ちあげる。水が重力に従って管のなかを下り、円錐形の先端からそっと人工肛門に入っていく。深く呼吸をしてリラックスし、人工肛門のまわりの筋肉の力を抜かないと、水はなかに流れこまない。だが、慣れないせいでなかなかうまくいかなかった。筋肉が言うことを聞かず、水を入れようとするたびにこわばった。そのときはまだ、横になることで力が抜け、水も入っていきやすくなることも知らず、ネット上で見つけた忠告に従ってトイレに腰を下ろしていた。透明なビニール製の〝洗腸液排出スリーブ〟は、人工肛門に装着された洗腸液注入アダプターにつながっていて、長さ九十センチほどのスリーブの下部は便器のなかに垂れさがり、排出物をきれいに流すことができるようになっていた。

体内から出てきた便と未消化の食べ物が透明なスリーブのなかを流れていくのを見るだけで気持ちが悪かったうえに、嗅覚が過敏になっていたので臭いもすさまじかった。その週の前半に化学療法を受けていたのでむかつきが襲ってきて、口のなかがずきずきし、唾液が出た。その直後、便器ではなくトイレの床に盛大に吐きちらしてしまった。同時にスリーブの先が便器からはずれ、くさい中身が床に飛びでて、まき散らされたゲロに水っぽい便が混ざった。

床のゲロと、さらには便による悪臭とその光景の気持ち悪さで、ぼくは這いつくばってまた激しく吐いた。それがようやく収まると、しゃがみこみ、恥ずかしさと気持ち悪さで動けなくなってしまった。便の上に膝をつき、自分が吐いたものにまみれてどうすることもできず、しかもまだ吐き気が残っていた。長い闘病のなかでも、これが最悪の出来事だった。

ドアをノックする音が聞こえ、バイロンが静かに声をかけた。「ベン、大丈夫かい？」彼はドアを押し開け、デナリとともに衝撃的な光景とぼくの茫然とした表情を見て心配そうな表情を浮かべた。

バイロンは自分の家のトイレがひどい状態になっていることも気にせず、ぼくを思いやりに満ちた目で見て、すぐに仕事に取りかかった。掃除用具を持ってきて床をきれいにし、汚してしまった痕跡をすっかり消してくれた。

「どうしてもハグをしたいけど……シャワーを浴びないと。このことはどれだけ感謝してもしきれないよ」

人工肛門をつけて生きていくという決断をしたことで、腫瘍が再発する可能性は下がり、ぼくはまさに命を救われた。デナリを引き取ったことと並んで、人生最大の決断のひとつだった。口の悪い友達からは、それでは女性とはつきあえないと言われたけれど、無神経な言葉には惑わされなかった。クライミング中に漏らしてしまったこともあったが、数か月たつころには、自分の状況を受けいれ、ストーマ袋をつけていることで何かをあきらめるのはやめようと決意した。女性との関係やクライミング、サーフィン、それにやりたかったことはなんでもやることにした。ストーマ袋をつけている人が、デートや異性とのつきあいなど、それまで大切にしていたことから遠ざかってしまうという話はよく耳にする。できればここでぼくの経験を伝えることで、以前と同じ生活を送ることを恐れなくてもいいのだと明らかにしたい。

化学療法の合間の休みに、メキシコへサーフトリップをした。波に乗るときは、袋が腹からはずれないように気をつけた。ところがサーフィンを始めて二時間ほどで、海水で粘着力がなくなってはがれてしまった。ボードショーツのポケットに使えなくなった袋を入れて歩いてビーチに戻ると、替えをすべて滞在しているホテルに置いてきてしまったことに気づいた。まずいな。帰りのドライブのあいだ大丈夫だろうか。車のなかで出てしまわないといいけど。

ぼくの人工肛門は腹から三センチほど飛びでている。その部分は直腸の内側の粘膜で、色はつやのある鮮やかな赤だ。ボードショーツのすぐ上から直腸の先が出た状態でビーチを歩いていると、地元の漁師が近づいてきて、ぼくを見て「やあ」と言った。そして、視線を下げてぼくの腹を見るなり、心配そうな表情に変わった。腹を指さして、刺されたのだと思って声をあげた。必死で何かの身振りをしながら、大丈夫かと何度も尋ねた。彼に立ち去ってもらおうとして、人工肛門を指さして「ガンのせいだ!」と言ったが、ますます驚かせただけだった。内臓をはみ出させているように見える顔色の悪い白人を見て、彼は何を思っただろう。

レンタカーに乗り、友人に最寄りの薬局に立ち寄ってくれるように頼んだ。そこでテープとガーゼ、ジップロックの袋を買い、その場しのぎのストーマ袋を作り、ホテルに着くまで昼に食べたタコスが消化されないように願った。テープでふさいだ仮の袋からくさい空気が漏れだしたけれど、友人たちは車の窓を開けて気づかないふりをしてくれた。

化学療法が終わった年の夏には、体の変化に慣れてきたという自信が持てた。感情の面では受けいれるのは難しかったものの、どうにか障害を克服し、活動的なライフスタイルを復活させた。そのころ、ヨセミテ渓谷にいたケイティが、エル・キャピタンのノーズ・ルートを一緒に登ろうと誘ってくれた。数日間を岩壁で過ごすのは、この数年直面してきたたくさんのことに区切りをつけるいい機会だと思った。

真夜中にヨセミテ国立公園に着くと、草地で立ち止まり、満月に輝くエル・キャピタンの写真を何枚か撮った。ちょうど牡蠣の燻製の缶詰を食べたところで、においのするオイルが手についていたから、長時間露光で撮影しているあいだ、物音がするたびにクマが襲ってきたと思ってびくりと飛びあがった。キャンプ場に入ると、すでにクライマーで満員で車を置けなかったので、ケイティの小さなハッチバック車、フォード・フォーカスの後部座席で寝ることにした。ヨセミテのキャンプ場には車中泊を禁止している場所がいくつかある。なかでも歴史ある〈キャンプ4〉では、パークレンジャーが定期的に巡回して違反者を探している。カーテンのわきから外を見るとレンジャーがうろうろしていたが、まさかこのツードアのハッチバックで眠っているダートバグがいるとは思ってもいないようで、調べもしなかった。

そのときは気づいていなかったのだが、放射線治療か化学療法のせいでテストステロンの分泌量が低下していた。男性ホルモンが不足しているせいで体は弱り、やる気も低下していた。残ったエネルギーはわずかで、壁面を登った初日の終わりには、クライミングと、食料やキャンプ用具の四十キロ以上もの重みでへとへとになっていた。缶詰の冷たい夕食を食べると、壁面にキャンプを設置した。ケイティが高い場所を選び、壁に打ちこまれた支点から寝袋を吊った。その下に狭い花崗岩の岩棚があり、寝袋とのあいだには数十センチの隙間があって、そこがぼくの寝床になった。眠っているあいだもハーネスはつけたままだ。九十センチほどの幅の岩棚から滑り落ちないように、しっかりとロープを結んだ。岩棚は少し傾斜していて、その先には百五十メートルの谷底があるので、眠るのは難しかった。じわじわと端のほうへずれていき、ハーネスに引っぱられて目覚めると、下にはぽっかりと空いた空間が広がっていた。

午前二時に、胃からおかしな音がして目を覚ました。ストーマ袋を見ると、もう破裂しそうなほど膨らんでいる。頼むからいまはやめてくれ！　腹につながっている膨張した袋を踏まないように注意して、寝袋から出ると、その上にすわった。ストーマ袋の中身が飛びだしたら、寝袋と一着しかない服がめちゃくちゃになってしまう。

ヘッドランプで照らして慎重に袋を交換しながら、この臭いで、ほんの数十センチ上で眠っているケイティが起きてしまわないように願った。ハーネスをつけていたのでうまく替えられず、しかも胃の動きは収まりそうになかった。二日前からストーマ袋の中身を〝流し〟ていなかったうえ、高所では消化の調子が悪くなることを忘れていた。交換が終わると、心はぼろぼろだったが、冴えわたる夜空の美しさに打たれた。すわったまま一時間ほど、天の川の不思議さや、草原の向こうに広がる巨大な岩、ミドルカシードラルを月が照らしているのを眺めた。壮大な花崗岩の壁面に囲まれながら、ぼくは体のハンディキャップや生き残ったことへの罪悪感、ガンによるPTSD（心的外傷後ストレス障害）を忘れ、生きる喜びを感じていた。

　時間がたつにつれて、ストーマ袋の不便さとうまくつきあえるようになり、毎日の生活にも慣れていった。二〇〇六年の秋に、ぼくはカリフォルニア州のジョシュア・ツリー国立公園で六日かけて行われる撮影の依頼を受けた。依頼主は〈ナウ〉という新しいアウトドア・ブランドだった。親しい友人で、〈ナウ〉のアートディレクターをしているユージェニーは、ぼくの仲間たちをモデルとして集めて撮影会をした。何度もデナリと過ごした花崗岩の山のなかで楽しくキャンプをした。ところが、このときは携帯食を食べすぎたせいで、その後数日、消化器官が大変なことになった。ガスが止まらなくなり、その臭いはストーマ袋の消臭フィルターを通しているはずなのに、なごやかな集まりを乱すことになってしまった。とくにモデルのそばに寄って、花崗岩のドームや夕暮れのジョシュア・ツリーを背景にして撮影するときには大変だった。

「おい、静かにしてくれよ！」ぼくは恥ずかしさを堪えながら言った。

「あなたはどうしてそんなに騒々しいの、伯爵？」ユージェニーがからかった。

「伯爵か。場違いなこの音にぴったりの呼び名だ。いまからそれをこいつの名前にしよう」ぼくは大笑いして言った。こうして、ぼくの腹から出る制御不能のガスに名前が与えられた。

数年後、マイケル・フランティ&スピアヘッドのライヴで楽屋に入れてもらったことがあった。バンドのメンバーに、当時のガールフレンドと彼女の妹と一緒に招待されたのだ。会話は当たり障りのない世間話ばかりで、ぼくは心ここにあらずだった。退屈だったので、早めに帰る口実を探していた。お腹をさすろうとして、ぼくは無意識にシャツをまくり上げた。するとベースの演奏者がぼくのストーマ袋を見て言った。「なあ、その腹、どうしたんだ？　大丈夫か？」

ぼくはかいつまんで、直腸ガンや人工肛門につけたストーマ袋の話をした。するとその場の雰囲気はがらりと変わった。会話も中身のあるものになった。それ以来ぼくはときどき、人と深いつながりを持つために袋を出すようになった。

〝伯爵〟にまつわる事故はそれほど頻繁にあったわけではないが、恥ずかしい思いをしたことはほかにもある。ガールフレンドとその妹と一緒に、ポートランドから車で四時間半かけてサスカッチ・ミュージック・フェスティバルに行ったときのことだ。ひと晩泊まる荷物を持っていったのだが道中ずっと口論ばかりで、結局、夕食も食べずに夜遅くに帰ることになった。

腹が減ってくると、ますますくだらないことで言い争うようになった。そこでしかたなく、バーガーキングで車を停めた。夜中の三時に開いているのはそこしかなかったからだ。ファストフードを食べるのは十年ぶりだった。どうでもいい。そんなにひどいものじゃないだろう。

だがそれは大きな間違いだった。

ポートランドに戻ってもまだ口論が続いていた。彼女は睡眠薬を飲んで寝ようとした。

「フェアじゃないぞ。ぼくも一錠飲む……いや、半分でいい」ぼくはもうささいな口論ばかりのこの一日を終わらせて、新しい朝を迎えたかった。

太陽の光で目が覚め、重たいまぶたを開けると、〝伯爵〟があたりを包んでいるような気がした。しかもかなり濃い。あまりに意識がぼんやりしていて、何が起こっているのかわからず、うつぶせになって枕に頭を沈めて、もう少し眠ろうとした。ところがそのときストーマ袋のつなぎ目が少し開き、ひどい臭いが漏れだして目が全開になった。

「まずい！」ぼくはうめき、ガールフレンドを起こした。

「ひどい。この臭いなんなの？」

「たぶんベッドに漏れたんだと思う。もうバーガーキングでは絶対食べない。それに睡眠薬も飲まないぞ」

ぼくは飛び起き、汚れたシーツをはぎ取り、シャワーに駆けこんだ。

よくわかった。ひどいものを食べると、ひどい便が出る。〝伯爵〟、きみのおかげで退屈せずに生きていけるよ。

ストーマ袋をつけて生活していることで、気づきや忍耐について、それに何より、ゆっくりとした暮らしについてたくさんのことを教わった。袋をつけていることで、友人や惹かれている女性から拒絶されたことは一度もない。むしろたいていの場合は、そのためにたがいに気取らず、素の自分を見せあうことができた。

〝伯爵〟のおかげで、体に入れるもの、とくに水分を意識するようになった。洗腸をして消化管をきれいにするためには、しっかりと水分補給をしなければならない。そうでないと腸が働かなくなってしまうからだ。水分が足りないと、直腸はただ水を吸収するだけで、排出物を送りださなくなる。

食事のとき、満腹になっているのにさらにデザートを食べたりしたら、直腸の調子がおかしくなり、胃や人工肛門が痙攣《けいれん》する。そして腸から小指の太さくらいしかない人工肛門に便が押しやられてくる。

不快な思いをしないように、ぼくは自制して不健康なことをさけるようになった。アルコールをとりすぎると脱水症状になる。加工食品や砂糖をとりすぎるとひどくガスが出る。そして、食べ物が気分やエネルギーにも影響を与えることにも気づいた。タンパク質は欠かせない。とくに朝、卵を食べる必要がある。それに、一度にたくさんではなく、健康的なものを少しずつ分けて食べなくてはならない。

また、自分の体が自分からはどう見えるか、そして他人からはどう見えるかを意識するようになった。ストレスを感じていると、トイレでストーマ袋の中身を流すのもうまくいかない。

キャンプ場では、自分が流しているトイレの外に列ができている音が聞こえると緊張し、よけいに時間がかかり、待っている人をいらだたせてしまう。そうしたことから学んだのは、他人の意見や自分のストレスを気にしないことだった。もっと早くと思っても、体は言うことを聞いてくれるわけではない。

ストーマ袋をつけたことで、自分の限界を知り、謙虚になった。体はもう元には戻らないし、ヘルニアの危険はいつもある。熱帯地方にいるときやボードショーツを穿いてサーフィンをしているとき、女性と親密な時間を過ごしているときには、ぼくのハンディキャップは隠しようがない。静かなヨガのクラスや瞑想のときにガスが止められないと、その音も隠せない。重要なビジネスの会合で握手しているときや、ミュージシャンが最高のヴォーカルでレコーディングしているときもそうだ。

〝伯爵〟がいるから、ぼくは速度を落とすことができる。ストーマ袋を交換するのには二、三十分かかる。その静かな時間はぼくの大切な時間になった。交換したあとさらに三十分は胃を休ませなくてはならないから、撮影のときはほかの人よりも一時間早く起きなくてはならない。そのため、目覚ましを午前三時か四時に鳴らすことになる。ほかの人たちがぐっすり眠っているのに、夜遅くまで起きていなければならないこともある。

これまでに、さまざまな場所でストーマ袋の交換をしてきた。スペリオル湖に浮かぶ蚊だらけの小島や、メキシコのジャングルの丸太の上（そこには腹を空かせた虫がうようよしていた）、ずっとクライミングをしていた日の夜に、凍えるようなくみ取り式のトイレでしたことも、正午の太陽が照らす、くさくて暑い簡易トイレでしたこともある。

注意しないと事故が起こる。そのことが、目の前の行動に意識を集中することを思いださせてくれる。友人の家の床についた自分の便を掃除して、そのあとで便が飛び散った服を洗わなくてはならないときほど、謙虚な気持ちになることはない。

数年前、ぼくは友人を直腸ガンで失った。そのことで、自分の病気との闘いをもっと多くの人に見てもらう必要があると思うようになった。恐かったが、ストーマ袋を装着した上半身裸の写真を投稿することにした。袋が写っている写真を公開するのははじめてのことだったし、そのページには十万人以上の読者がいた。ぼくは記事を書き、震える指で送信ボタンを押した。


二十九歳で直腸ガンと診断され、二〇〇四年から人工肛門をつけているけれど、それから十三年たったいま、はじめて全身の写真を公開しようと思う。ストーマ袋をつけた状態だ。

おかしなことだけれど、エゴやセルフイメージ、それに恐れがとても大きくて、ぼくは文字どおり自分の命を救ってくれるその手術を受けるのをためらった。人工肛門形成術のとき、ストーマの場所を選ぶことができたから、怪我をさけるためにクライミングで着用するハーネスのベルトの下につけてもらった。ベルトよりも低い位置にしたことで、自分が袋をつけていることはたいてい隠すことができた。

化学療法や放射線治療はきつかった。それに〝前の肛門〟をつけていることを受けいれるのは感情の面でとてつもなく困難だった……何か月も鏡で自分の裸を見ることに耐えられなかったし、食べたものの消化を調整することには時間も手間もかかった。

ありがたいことに、洗腸によって定期的に腸を空にして、排便をコントロールする方法を教えてもらったので、いまではほぼ毎日、大きな袋ではなく小さなストーマキャップを装着して、ほとんど意識することもなく暮らしている。

直腸ガンの症状について知ってほしい。そして、何かおかしいと思ったら大腸内視鏡検査を受けてほしい――もしナースプラクティショナーが検査を勧めてくれなかったら、ぼくはこうして生きてはいないだろう。ぼくは今年、まだ三十五歳にもなっていない友人をふたりもこの病気で亡くした。ほかにも、症状が出にくいこの病気と闘っているもっと若い仲間たちがいる。直腸ガンは年齢と関係ない。「六十歳以上の人がかかる病気だ」とよく言われていて、ぼくもあやうくそれを信じそうになったが、そんな情報で安心してはいけない。

ぼくは〈サイメッド〉という小さな会社のストーマ製品を使って十四年目になる。水泳の経験者が開発した製品で、サーフィンや水泳、ロッククライミング、ヨガをしても安心な唯一のストーマ製品だ。ストーマをつけている人は、このメーカーの製品を探してみるといい。ぼくの生活はこれでだいぶ改善された。人工肛門形成術を受けるなら、絶対に洗腸のことを調べてほしい。はじめは勇気がいるけれど、大きな効果が得られるはずだ。

心配は取り越し苦労に終わった。この投稿はこれまでに公開したなかで最も読まれ、最も多くのコメントがついた。二万三千個近い「いいね！」がつき、コメントは千六百件を超えた。数週間のうちにいくつかのダイレクトメッセージを受けとった。そして、自分や家族に症状があり、ぼくの投稿を読んで診察を受ける勇気が出たと教えてくれた。何人かの友人は内視鏡検査で前ガン状態のポリープが見つかった。それを切除したことで彼らは命拾いをしただろう。こうした大きな反響があったことで、生活を人に知られたくないという気持ちよりも、自分の話をホームページで公開することのほうが大切なのだと知った。

ストーマ袋は生きていくうえで厄介な重荷だけれど、ぼくはそのすべてを受けいれている。もし〝伯爵〟が幸せなら、ぼくも幸せだ。もし彼が不機嫌なら、気をつけないといけない。

第八章　闇からの生還

「ガンは寛解しました」

この言葉を最初に聞いたときは奇跡的なことに思えた。それでも、高い山の頂上まで登ったのと同じで、闘いはまだ半分残っていた。〝ふつう〟の生活に戻るためには、安全に山を下りなくてはならない。それに、自分にとっての新しい〝ふつう〟は、ガンにかかるまえの、考えも行動も自分中心だったころとはちがっていた。

血液には何年も毒性のある物質が流れていた。そのため思春期のように気分は変わりやすく、汗には化学物質や重金属のにおいが混じっていた。放射線治療や化学療法のせいでテストステロンの分泌は減った。疲れやすく、気分がふさぐことがあり、筋肉も弱くなった。

友人たちに寛解したことを知らせると、治療中は絶えず与えてくれていた愛情やサポートがぱったりとなくなった。彼らに悪気がないのはわかっていても、ぼくは突然見捨てられたように感じた。方向もわからない深い闇に入ったように思えた。ガンとの闘いは、体内が正常な細胞だけになった瞬間に終わるわけではない。傷が癒えるには何年もの時間がかかる。

ガンと診断されたときから、体を衰弱させる治療を受けている闘いのあいだは、ただ現在だけを意識して暮らすことになる。ほかにどうしようもない。ぼくはそれぞれの瞬間を必死で生きていた。先の予定は立てられないから、状況に身を委ねて、医者が最新の診断結果や新たな治療方法を教えてくれるのを待つしかなかった。

ガンにかかると、いいこともたくさんある。たとえば、犬と同じように世界を眺めることができるようになる。デナリは過去や未来には生きていなかった。いまそこにある喜びや苦しみ、刺激に反応するだけだった。嵐のような出来事が訪れても、デナリはひとつ大きなため息をつくと、つらいことは忘れていまだけを見て生きていた。

四月十三日、三十歳の誕生日の一週間前、最後の化学療法の薬剤が血液のなかに投与された。体に負担がかかり、調子は悪かったが、それよりも精神的な解放感のほうがずっと大きかった。もう、静脈に有害な薬物を投与されるのを我慢するのも終わりだ。あとはその毒を体の外へ出し、体力を取りもどすことだ。

「デナリ、出かけよう。治療のあいだずっとそばにいてくれてありがとう」

静かに腰を下ろすと、デナリが頬をなめた。たがいに寄りかかって、やがて額と額が触れた。そのまま体重を支えあって、長いこと、そうして愛情と感謝を伝えあった。デナリへの感謝の気持ちはとても大きかった。ぼくの友達だ。これからも多くの時間を一緒に過ごし、冒険に出かけることができる。

一週間後、三十代最初の日の朝を迎えた。それは新しい人生が始まるような大きな変化だった。もう革張りのソファが並んだ化学療法室に行かなくてもいい。あの恐ろしい薬品や消毒用石けんのにおいを嗅ぐことは二度とないのだ。

誕生日というのは個人的なものだ。それを特別な日にするのは、ほかの誰でもなく、自分しかいない。この日は、これまでにしたことがないほど自分を甘やかしたかった。ぼくは日が昇るまえに起き、デナリを強く抱きしめた。まず向かったのはベンドの中心地にあるお気に入りのヨガ・スタジオで、そのあと近所の店で朝食を食べてひとりでお祝いし、それから筋肉の深層部をほぐすディープ・ティシュー・マッサージを受けた。

自分のペースで心地よい朝を味わったあと、デナリを連れて友人に会いにいき、スミスロック州立公園の裏側にあるモンキーフェイスを登ることにした。

モンキーフェイスは高さ百メートルの尖った岩山で、スミスロックの中心的な存在だ。南側から見ると、その上のほうは口や鼻、目もあるサルの顔に似ている。山頂からの眺めは息をのむほどだ。フッド山、ジェファーソン山、スリー・フィンガード・ジャック、ワシントン山、ノース・シスター、ミドル・シスター、サウス・シスター、ブロークン・トップ、バチェラー山など、カスケード山脈の稜線が南北に連なっている。

夕暮れに登頂し、その場でしばらくすわっていた。三十歳になって、もう一度生きるチャンスを与えられたことの意味を考えた。あまりに多くの可能性があるように思われ、生きているという感覚に酔いそうだった。

「もう治療はたくさんだ！」

かすかな恐れを感じながら、そう声をあげた。

岩の頂からしばらくはロープにぶら下がって六十メートルほど下降した。ロープを滑らかに伝って降りるとき、その日最後の黄色い光がモンキーフェイスの根元を照らしていた。その柔らかい光は、人生のひとつの章が終わることを象徴しているように思えた。

デナリは下で迎えてくれた。ぼくはぎゅっと抱きしめた。

「もうすぐ乗りきれるぞ」

山の側面に当たる満月の光を見ながら、危険なアステリスク・パスを越え、スミスロックのなかでもいちばん人気があるクライミングエリアの表側へ戻った。壁面のふもとを歩いていると、お気に入りの壁面、チェーン・リアクションが美しく光に照らされていた。ぼくはクライミングパートナーに尋ねた。

「ちょっと登ってみてもいいかな？　これだけ明るければ登れると思うんだ。今日はすごい一日だったけど、月の明かりだけでこの壁面を登りきれたら、完璧な締めくくりになる」

ロープをかけ、最初のボルトまで五メートルほど登った。それで自信が持てたので、筋肉の記憶と直感を頼りに、月明かりのなか、慎重に足を置いていった。いちばん上のアンカーに達すると、喜びが爆発した。ロープで体を支えて休みながら深く息を吸い、明るい月、今日という一日、人生、それにあらゆるものからの愛を吸いこんだ。もうすぐ乗りきれるぞ。ただ生きてるだけじゃ駄目だ。これからは自分の人生をしっかりと生きるんだ。

最悪のときを乗りこえて人生を取りもどしたぼくは、できるだけ機会を逃さずクライミングに打ちこんだ。昔の暮らしに戻り、化学療法のスケジュールではなく自分たちのしたいようにできることを、デナリもまた喜んでいるようだった。地元のクライミング仲間たちと祝い、笑いながら一緒にお気に入りのルートを登った。だがそのお祝いが落ち着くころには、また少し恐くなった。一日や一週間ではなく、その先に続く未来のことを思うと圧倒された。一年近くのあいだ、ただその日一日だけを生きてきたのだ。計画なんて立てられるだろうか。もし再発したら？　〝健康〟になった今のぼくを愛してくれる女性がいなかったらどうしよう。ぼくがつけている袋を見たら逃げだすんじゃないか？　自分が傷つきすぎていて、パートナーのことを思いやれないかもしれない。それに、一年も自分の病気のことばかり考えていたから、他人に興味が持てないかもしれない。

あんまり心配するなよ。きみにはぼくがいる。旅に出よう。きっとなんとかなるさ。

そうだ。デナリはいつでも、自分にとって何が大事なのかを知っている。

最後の化学療法が終わって二週間後、アジーン先生は半年前にぼくの体に埋めこんだポートを取りはずした。ポートのまわりの組織が傷ついていて、修復しなくてはならなかった。局所麻酔をされ、ポートを引き抜かれるのは引っぱられる感じがしただけだったが、組織が裂ける音が聞こえて心配になった。これが病気や治療のことを思いださせる最後の名残だった。まるで、この一年のうちにぼく自身のなかにとりこまれ、体がそれを離したくないと言っているように思えた。

体調がよくなってくると、撮影を再開するだけの体力が戻ってきたように感じた。ただし、気持ちの面ではまだ万全ではなかった。一年以上も長期的な計画を立てていなかったし、フリーランスの写真家としての仕事を探すことや、毎日の日課にも怖《お》じ気《け》づいていた。

ガンが治ったあとの人生。誰もが喜ばしいことだと祝福してくれるし、たしかにすばらしいことだ。でも、ほかの人たちには、それまで耐えてきたつらさはわからない。ぼくは戦争から帰ってきたわけでも、刑務所から出たわけでもない。だがガンとの長い闘いのあとには、それと同じような怖さや傷があると思う。一年間、居場所も制限され、厳しく管理された安全なスケジュールに従って暮らしていたあとで、突然、なんの制限もなく、好きなことをしてもいいと言われる。ところが何を選ぶにせよ、自分がどんな経験をしてきたのかを理解してくれる人はいない。

「病気は治って、あなたは生き残っていまここにいる。もうガンのことを話すのはやめるべきよ」

新しいガールフレンドに言われたその言葉はぼくに刺さった。混乱し、誤解されていると感じた。ぼくはもう完全に変わってしまい、どんなに望んでも元には戻れないのだということを、とても説明できるとは思えなかった。ようやくガンの恐怖からは逃れられたが、以前の生きかたに戻るつもりもなかった。この苦しみを通じて、ぼくはあまりにも価値のある気づきを得ていた。

最近、ガン体験者や患者の道のりを描くドキュメンタリー映画のプロジェクトに携わり、直腸ガンの化学療法を受けている看護師に出会った。彼女は、ガンの治療を受けていると、〝ガン〟という烙印を押されてしまい、それ以外の本当の自分を見てもらえないように感じると言った。その感覚は自分のことのようだった。ぼくがガンになったという話が広まると、多くの人はどうすればいいのかわからないようだった。哀れむような眼差しで、視線を合わせず、おざなりな言葉をかけるだけだった。友人たちは気の毒に思ってくれたが、どう接すればいいのか知らなかった。ぼくの病気を死刑宣告と同じだと思っているのが伝わってきたこともあった。気づかいのない言葉をかける人もいたが、自分の命を守る闘いに必死で、こちらの気持ちを考えない人々をいちいち気にしているだけの余力はなかった。

急に関わりをさけ、連絡がつかなくなった人もいたが、さほど気にはならなかった。彼らはきっと、自分もいつか死ぬという事実にこのときはじめて直面したのだろう。残ったのは本物の友人だけだった。

この長いあいだ、デナリは変わることなく信頼できる友達でいてくれた。哀れむような目で見ることも、口先だけの慰めを言うこともなかった。いつもぼくに身を寄せて見守ってくれた。ベッドに潜りこんでもう二度と誰とも話したくないという気分になったときには、そこから引っぱりだしてくれた。

化学療法を受けていたころはまだ抗うつ剤を飲んでいた。だが主治医の診察を受けるほか、化学療法室など病院内のあちこちを往復し、大量の薬をもらっていたので、よく抗うつ剤を飲み忘れた。それで、抗うつ剤が切れそうになったとき、薬が多すぎることに嫌気がさして飲むのをやめてしまった。あまり影響はないだろうと思ったが、それはかなりの荒療治になった。四年のあいだずっとセロトニンの分泌量を調整していたから、脳のなかのバランスは崩れていた。化学療法で重金属を体内に取りこんでいたうえ、長く感情的な浮き沈みを麻痺させていたこともあり、抗うつ剤を飲んで気持ちをやわらげないと、あらゆる感情がまるで神経に触れられるように敏感に感じられ、十代の少年に戻ったようだった。

嬉しい。悲しい。すごく嬉しい。嬉しい。すごく悲しい。ぼくの感情はジェットコースターのように上下した。

でもそれをどうにか乗りこえ、そのとき以来、抗うつ剤を飲んでいない。

自分が季節性情動障害をわずらっていることに気づいたのも同じころだ。だから、冬のいちばん暗い季節には、熱帯の太陽を浴びる必要がある。旅に出られないときは、できるだけ光のあるところで過ごさなくてはならない。サーフィンをしたり、波がなければ地元のプールで泳ぐ。朝暗いときは、光療法によって目を覚まし、元気に過ごす。さらに、抗うつ作用や抗不安作用があるCBD（カンナビジオール）が摂取できる電子タバコを吸うこともある。

また、大量のストレスや不安障害は自分に害を及ぼし、人を遠ざけてしまうこともあるのだといまではわかっている。外科医はそんなことはありえないと言うのだが、直腸に悪性の腫瘍ができたのはストレスと、裏切りや失敗を感じているときの痛みを体に取りこんだことが原因かもしれないと思っている。

人生からよくない関係を切り離し、不満を抱えた人と我慢をしてつきあうことはやめた。感謝の念を持ち、ポジティブに生きている人を大切にし、後ろ向きな人やナルシストはさけることにした。それによって心地よく過ごせるようになっただけでなく、健康になり、病気を克服できたうえ、生活も改善された。前向きさを大切にし、ネガティブなものを手放すべきだ。人生はそれで大きく変わる。

ガンによって、達成感や目標についての考えかたも変化した。写真家として仕事を始めたときは、最も難しいルートを登ったり、危険な波に乗ったりして、アスリートが最高の力を発揮しているところを撮ろうとしていた。けれども病気のあとは、関心がアスリートの技量から、人間の感情を表現することに移った。より意味のある人間関係を求め、深みのある物語を探し、人と人とのつながりや感情について観察し、学ぶようになった。

ぼくの仕事はガンの前後で大きく変化した。そのことを、病院でガン患者やその家族、ガン体験者たちに話してみた。ぼくの作品に変化が見られるかどうかと質問した。すると全員が、作品が明らかに変わり、モデルになった人々へのより深い共感と気づきが見られると答えた。

ガンになったことで、ぼくは人がたがいに関わりあっていることや、真の友情の重要性に気づいた。ガンとの闘いが終わったあと、人との関係や好きな人々と過ごす時間を大切にするようになった。アスリートとしては、まだ危険にチャレンジすることをやめていない。生を実感するためには、自分がなかなかできないことにも挑戦しなくてはならない。とても越えられないように見える急な波をドロップダウンしたり、落下が許されない危険な壁面を神経を研ぎすませて登らなくてはならない。

人間の感情をより理解し、それを記録しようとしているうちに、ぼくは内気さや、ポートレイトを撮影する怖さを克服していった。写真を撮りはじめて十年ものあいだ、ぼくは被写体と目を合わせることができず、自分の存在を消して写真を撮っていた。〈パタゴニア〉ではありのままの写真が好まれるから、その場の雰囲気を乱すことなく一瞬一瞬を記録することを目指していた。だがそれは自分に対する言い訳でしかなくて、そのことでますます内気になってしまっていた。人と関わりながらポートレイトを撮ることは恐かった。

この十二年間、「顔」という単純なシリーズ名でポートレイトを撮影している。治療が終わって数年後、ポートランドに戻ったぼくは、街の北西の端にあるフォレストパークのすぐそばで暮らすようになった。午後になると、隣の三階建ての建物に反射した日光がキッチンに射しこむ。

スタジオの吹き抜けで、自然光で撮影した写真家マーク・セリガーのポートレイト・シリーズに触発されて、そこで友人や共同作業をしている人々の至近距離からのポートレイトを撮りはじめた。はじめのうちは同じ場所で撮っていたが、やがて日中ならどこでも同じ光が得られることがわかった。そしてシリーズとしての統一感を持たせるためにすべて白黒で撮影した。この場所や服装、色は重要ではない。それらは人の本質を伝えるための媒体にすぎない。この「顔」のシリーズによって、世界のどこでも、計画や準備や道具がなくてもポートレイトを撮ることができるようになった。

このシリーズはいまも個人的なプロジェクトとして続けている。ぼくがこれまでに手がけてきたなかで、最も価値の高いものだと思う。ポートレイトを撮ることで、これまでの道のりで出会ったすばらしい人々と深くつながり、理解することができた。人々が心の鎧をはずし、真の自己をさらしてくれたことで、ぼく自身も長年の内気さや、心を開いて自分の物語を語ることへの恐れを克服することができた。

デナリはよくため息をついた。そうして日々感じているストレスを残らず吐きだしているようだった。ぼくはポートレイトを撮るとき、目を閉じて深く息を吸い、それからひとつ大きなため息をついてくださいと言う。このとき、被写体はほんとうの自分を見せてくれる。ぼくは彼らの魂をのぞきこみ、見せかけの笑顔や表面的な繕いを除いた、真の姿を見ることができる。デナリのため息は、人生を深刻に受けとめすぎてはいけないということを思いださせてくれた。そうやって不安をわきに置くことで表れたその人の真の姿を、ぼくはカメラにおさめる。

生理学的には、ため息はただの呼吸と変わりない。だがそこには、はるかに大きな意味がある。ため息をつくことで力が抜け、現在の瞬間を深く受けいれることができる。そのとき犬は、身近な人の幸福を優しく抱きしめようとしているのだ。

第九章　ぼくたちのつながり

カラース：目に見える表面的なつながりはなくても、精神的に深く結ばれた人々の集団。

ぼくたちは誰もがつながっている。

診断を受けるまえ、デナリと西部を旅していたころ、ぼくは定住所を持たないクライマー兼アウトドア冒険写真家の暮らしをして、知恵と経験に恵まれた冒険仲間にいつも囲まれていた。人の心をつかむデナリの才能がぼくに新しいつながりを築かせてくれ、ぼくは自分と考えのよく似た旅人や芸術家の仲間を増やしていった。その多くは生涯の友人や、制作の協力者になった。

ガンの治療中には、仲間たちからとても大きなサポートをしてもらった。だが化学療法を受けたあとの数日、人と顔を合わせるだけのエネルギーがなかったとき、ぼくはデナリに頼った。デナリはいつもそばにいて、必要な支えを与えてくれた。それは、ほかの誰にも頼めないことだった。**ベン、どうしてほしい？　どうしたら気分がよくなる？　隣にいるよ。ぼくはここにいる。**

デナリは嫌がりもせずぼくに愛情を与えてくれ、それに対してなんの見返りも求めなかった。

デナリはぼくのいちばんの親友だった。不快感と吐き気に押しつぶされ、とても乗りこえられないと思った最悪の時期、ぼくはただデナリに寄りかかっていた。けれども、医師からガンの寛解を告げられると、また生きていくことを考えなくてはならなくなった。ぼくは社会のなかで居場所を探し、写真の顧客との取引を再開し、新しいクライミングパートナーを見つけた。心が乱れることもあったが、どんなときもデナリとの関係は変わらなかった。デナリに急かされて外に出たおかげで、体力を回復させることができた。そうやって家の近くで冒険しているときに、ようやく自分でもいいと思える写真が撮れるようになった。体や創作意欲がもとに戻ってくるにつれ、しだいに自分に自信を持ち、友人たちと楽しく過ごすことができるようになっていった。

デナリは、まるで異なるふたつの性格を持っていた。そのどちらの面もぼく自身、心のなかに持っている。ひとつは人に近づいて仲間を欲しがる、愛情豊かで愛嬌のある面で、もうひとつは断固とした独立心だ。それがときどき顔をのぞかせ、自由を求めて放浪する。たぶん、放浪癖はハスキー犬と野生の先祖の血から来ていて、忠実で愛情を求める性質はピットブル・テリアの血統によるものだろう。

治療が終わった一年後、ぼくはようやく自分らしさを取りもどし、〈パタゴニア〉に送ってもいいと思える写真が撮れるようになっていた。あるとき、ぼくは提出期限の過ぎた大量の写真を編集していた。マウンテンバイクで散歩に連れていってデナリを走らせる必要があるのはわかっていた。それでもまだ一週間くらいはかかりそうな仕事を進めるために、骨型のおやつを与えて時間稼ぎをしようとした。家のなかの仕事場に戻り、〈パタゴニア〉のジェーン・シーヴァートに三、四か月に一度送っている五百枚ほどの写真の色補正にとりかかった。

写真編集が終わって部屋から出ると、いつもより静かだった。デナリが入りたいと言ってこない。きっと骨に夢中なんだろうと思っていると、電話が鳴った。家から数キロ西にある大型食料品店からだった。「お宅の犬、行方不明になっていませんか？　デナリという名前とこの電話番号が書かれたタグをつけた犬が食品売り場でうろうろしていて、ほかのお客さんに吠えたりちょっかいを出したりしているんですよ」

その店には何度か徒歩や自転車で行ったことがあったが、入り口でリードをつなぐたびに、デナリは少しイライラしていた。ふたつの大通りを越えてあのおいしそうなにおいのする店まで行ったことに驚いたけれど、思わず笑みがこぼれてしまった。自動のスライドドアが開くのを待って店内に入り、買い物客にショッピングカートに載せたものを分けてとお願いしたのだろう。

店に行ってカスタマーサービスで問いあわせると、窓口の人は笑って、二階のオフィスにいると教えてくれた。ドアを開けると、デナリは仰向けになって最高に幸せそうにしていた。従業員に囲まれ、みんなから耳や腹を撫でてもらっている。ぼくを見ると、迎えに来るのが早すぎてもう楽しみが終わってしまったと不満げな様子を見せた。

とても怒ることはできなかった。デナリは治療やそのあとの療養のときに辛抱強く待ってくれたのだ。体を動かしたくてしかたないのだろう。ぼくたちはふたりとも、また放浪するべきときが来ていた。

デナリは脱出の達人で、ぼくがつまらない社交的なイベントから消えるのと同じように、音もなくいなくなることがあった。しかも、荷造りを終えて出発しようとしたその瞬間にそっと姿を消してしまうのだ。

この放浪癖は、ぼくのガン治療が終わり、ベンドに住んでいた数年間はとくに活発だった。デナリは冒険が好きだったけれど、車での移動はずっと嫌がっていた。ぼくが車に荷物を詰めているのを見るといつもひなたぼっこをしにいって、出発間際になってようやく戻ってきた。

あるとき、よく撮影をしていた〈ラフウェア〉という犬用のアウトドア・ブランドのための撮影があった朝にもどこかへ行ってしまった。デナリはそのブランドのバックパックとハーネスのモデルになる予定だった。ところが、カメラのバッグを車に投げいれ、ドアを閉めて出発しようとしてデナリのベッドを見ると、こっそりいなくなっていた。

居場所はわからないが、すぐに出発しなくてはならない。だが撮影場所はそう遠くないし、そのうち戻ってくることはわかっていたから、隣人のヘザーに気をつけて見ていてくれないかと頼んだ。するとやはり三十分後に電話があり、デナリが家に戻っていると教えてくれた。ぼくはクリエイティブ・ディレクターに、ミスター・レッドフォードはいまメイクアップ中で、少し眠って軽食を食べたら来ますからと言った。

デナリは年をとってからもハンサムで、とくに〈ラフウェア〉の撮影のときは、よくロバート・レッドフォードとかポール・ニューマンと、往年の名俳優の名前で呼ばれていた。デナリはこのブランドのカタログに十年以上も載った〝最も長い期間モデルを務めた〟犬であり、創業者のパトリック・クルーズの飼い犬よりも登場した回数は多い。

デナリの首輪にGPSをつければ、探しにいくことも心配することもなくなるだろうと思ったこともあった。だが、ご近所や友人たちの話から、デナリがどんな経路で都市探検をしているかが見抜けるようになった。たいていは未舗装の道を通ってデシューツ川まで行き、それから丘に登り、近くの犬や猫のごはんの残りを食べ、オーブリー・ビュートに着く。ときどきはその先にあるシャーパさんの家まで行くこともあった。あまりに頻繁なので、ぼくはその通り道にある家の電話番号を携帯電話に登録していた。

あるとき、シャーパ家の子供のひとりが電話をくれて、デナリがまた来ていると教えてくれた。行ってみると、窓の向こうにデナリがいるのがはっきりと見えた。

デナリはキッチンにすわってしっぽを振り、そのまわりには大人たちが集まってかわいがっていた。ぼくはノックをしてそっと家のなかに入り、静かに立ってデナリが気づくまでじっとしていた。

デナリははじめて現行犯で捕まった恥ずかしさと驚きで床に体を投げだした。

「ほんとうにかわいいわ。ステーキをあげていたの」と誰かが言った。

「それでいつもここに来ていたんだな」

デナリのいたずらはほとんど人に害を及ぼすことはなかった。たいていは北国の犬の本能に従ってごちそうにありつこうとしていただけだ。それに、デナリはいつも人間の友達を増やそうとしていた。

デナリのおかげで知りあった生涯の友はたくさんいる。それに、ぼくの写真家としてのキャリアやライフスタイルも偶然の出会いや出来事によって作られていった。ぼくは自分と同じように、言葉にできない動機を持った人々に吸い寄せられた。ガンの治療後に始まったアウトドアや音楽関連の人々との友情や交流の多くは今日まで続いている。

二〇〇一年に〈メトリウス〉で働いていたとき、同僚でサーファーのロン・ハウスが、前途有望な映画監督ジャック・ジョンソンの曲を弾いてくれた。有名になるはるか以前、ジャックは友人たちとのサーフトリップの合間にサーフィン映画を撮り、曲を書いていたのだ。デナリと一緒にキャンピングカーでダートバグの暮らしをしていたころ、クリス・マロイと共作した彼のサーフィン映画第一作、『シッカー・ザン・ウォーター』のサウンドトラックを聴きながら、長いドライブをし、寒い冬の夜を路上で過ごしたものだった。そのころは気づいていなかったが、ジャックの音楽はぼくの人生や、ガンとの闘いのあとのキャリアにとても大きな影響を与えた。

治療が終わり、ぼくの体力が戻ってきたころ、ジャックは毎年夏にベンドの屋外フェスティバルで歌っていた。当時聴いていた曲で印象に残っているのは、ぼくが好きなグレッグ・ブラウンの「スリーパー」と「スプリング・ウィンド」のカバーだ。派手さはないが、とてもいい曲だ。声を張りあげて一緒に歌いたくなった。

ぼくがさまざまな痛みから癒やされていく過程で、音楽はとても大きな役割を果たした。人生を大きく変えた離婚のあともそうだったし、死に瀕したガンのときもそうだった。デナリのほかに頼ることができたのは音楽くらいだった。音楽は信頼できる打ち明け相手で、とても繊細な、心に秘めた思いをさらけだすことができた。それ以外のものでは、どうしても体に負担がかかった。音楽とデナリ。どちらも質問をせず、必要なときにぼくのそばにいて、元気づけてくれた。デナリと体を寄せあい、自分らしさを取りもどさせてくれる音楽を聴いていた。

集中的な化学療法のあいだ、クライミングパートナーだったソニーが、〈パタゴニア〉のブランド・アンバサダー、ジェリー・ロペスを紹介してくれた。ジェリーはオアフ島のノースショアにあるパイプラインの〝マスター〟と呼ばれていて、サーフィンの世界では知らない者はいない。ジェリーはベンドに移住していたので、彼のサーフボード・シェイピングショップを訪ねることになった。伝説の人物に会うことに緊張していたが、ジェリーの静かな物腰に、すぐに気持ちが楽になった。ところが、ジェリーが握手のために手を伸ばしたとき、〝伯爵〟が大きな音を立てた。困っていると、ジェリーは優しく微笑んだ。

「かまわないさ。わたしも同じ経験をしているんだよ」

そう言ってシャツをめくりあげ、腹の傷を見せてくれた。

「ずいぶんまえだけど、サーフィンをしていてフィンの上に倒れて、直腸を痛めたことがあってね。治るまでのあいだ、六か月ストーマ袋をつけていたんだ」

その数週間後、ジェリーはジャック・ジャクソンのライヴが行われる〝ディッチ・ウェーブ〟にサーフィンに誘ってくれた。行ってみると、ジャックもいた。そこは単調な高地砂漠に水を引いて作られた運河だ。流れのなかに平行する壁で囲まれた部分があって、流れの底に段差をつけることで静かな一定の波ができている。それによって、海からはるか遠く離れたその場所でサーフボードに乗ることができる。それはちょっと変わった光景だった。サーファーたちが列になって順番待ちをしているなか、ネズとセージ、懐かしい日焼け止めクリームや滑り止め用のワックスのにおいが混じった心地よい香りがしていた。

ジャックはこの左右均等の波に合わせて、ジェリーがシェイプした五フィート四インチ（約百六十三センチ）の小さなボードで前後に動いている。と、デナリが突然コンクリートの堤防を進んでいき、ジャックに向かって吠えた。**ジャック、岸に戻ってこいよ。ベン、きみもだ。なんで反対**

側の岸に行く？　危ないからやめたほうがいいと伝えたいらしいのだが、ジャックの耳には届いていない。

ぼくは波に乗っているジャックを反対岸から撮影しながら、デナリに向かって大丈夫だから放っておけと大声で言った。デナリはぼくを見て、それからジャックを見て首を振り、再び運河の波から出て安全な地面の上に戻るようにジャックに向かって吠えはじめた。**聞こえないのか。もっと大きな声を出さないと。どうして耳を貸さないいんだ。**

その晩、ジャックと妻のキムは、ライヴのあいだ好きな場所で撮影をする許可をくれた。八千人のファンを前にして歌うジャックをステージ脇から撮影できるのだ。「スプリング・ウィンド」をカバーしたときには、ぼくは腰を下ろして目を閉じ、その瞬間を味わった。ライヴのあと、ぼくはその曲を歌ってくれたことと、撮影の機会を与えてくれたことへの感謝を伝えた。キムはぼくにアイスクリーム・コーンを差しだし、バックステージを案内しながら、自然保護運動をしている共通の知人について話をした。

その後も長い年月のなかで、ジャックとキムからは多くのことを学んだ。〈オール・アット・ワンス〉という自然保護運動をしていて、ツアーでは使い捨てのプラスティックは使わず、補充できるボトルの使用を勧めている。そして海のプラスティック汚染について人々に伝え、〈コクア・ハワイ・ファンデーション〉という団体を通じて環境保護に関する教育をしている。また、マット・コスタや、もっと最近ではぼくの友人のジョン・クレイギーなど、若手のアーティストに大観衆の前で演奏する機会を与えている。ジャックとキムは自分たちの生きかたを通じて、コミュニティが持つ力を示し、ほかのアーティストに機会を与えることで世界によい影響を与えられるのだと証明してきた。自分が好きなことをし、正しい行動をとる、自分らしく生きる、受けた恩を返す、ほかのアーティストを助ける——そんなジョンの生きかたから、ぼくは芸術家として大きな刺激を受けた。少しだけ時間を割いて人とつながり、親切にするだけで、その人の未来は変わるということを学んだ。

八千人のファンの前で演奏するジャックを撮りながら、経験したことがないほどの創造的なエネルギーが自分の体を通りぬけていくのを感じた。音楽への愛を感じながら、目はしっかりと一瞬一瞬をとらえ、ぼくの生命は躍動していた。またこの仕事をきっかけに、思いがけず、ほかにも多くのアーティストのライヴを撮影したり、一緒に仕事をしたり、映画を撮ることにもなった。親しい友人もできた。

音楽界とのつながりができたきっかけはジャック・ジョンソンやマット・コスタのライヴを撮影したことだった。その後、ブラインド・パイロットやモデスト・マウス、ジャック・ジョンソン、ブレット・デネン、メノメナ、ガスター、ジョン・クレイギー、シュック・ツインズなど多くのアーティストのアルバムやプロモーション資料に使う写真を撮影することになった。ほかの芸術家、とくにミュージシャンと協力して相乗効果を感じることで、魂の深い部分が満たされた。

　自分にとって大きな意味を持つミュージシャンとのコラボレーションによって、大きな満足感が得られた。ガンにかかり、放射線治療や化学療法を受けて生き延びようとしていたときにはわきによけていた創作意欲を回復するのに役立った。病気や治療はぼくの体を蝕み、意味のある作品を作ろうとする意欲を失わせていた。つらい化学療法のあいだ、ずっと励まされてきたのと同じ曲が、すぐ目の前で演奏されるのを見るのは魔法のようだった。自分とは異なる種類の芸術を見たり、スタジオで聞いたりするのは大きな意味があった。創作の面でもそうだし、そこから生まれた友情もある。人々とのつながりは、ガン専門医や化学療法室に数えきれないほど通ったあと、元気を出し、〝ふつう〟の生活に戻るための力を与えてくれた。

　その後、スタジオでのレコーディング、そしてライヴツアーと、音楽の現場を記録する多くの機会を得た。ミュージシャンの演奏やレコーディングに立ち会うことで、芸術家とのつながりや、自分の存在を消して静かに観察する、心地よいカメラマンの立場を取りもどすことができた。ぼくが見ている前で、いちばんそれを必要としていたときに聴いて感動した曲が形になっていった。

　一枚のアルバムを作るのに、どれくらいのエネルギーと時間が必要になるかを知ったのは貴重な経験だった。アルバム制作には何年もの時間がかかる。演奏ミスや録り直しもあるし、最終的な形になるまえにたくさんのアイデアが捨てられる。その制作の過程に携わったことで、意味のある作品を作るにはどれほどのものが必要になるのかを知ることができた。ソーシャルメディアと同じように、アルバムはたいてい作品の傷や背後に隠された努力が見えないように丁寧に編集されている。完成間近のところで前に進めなくなり、自信に満ちた集中状態に戻るのに長い時間がかかることもある。創作の過程には、どれだけキャリアのあるアーティストでも、さまざまな面で困難がつきまとう。芸術には美しい格闘がつきものだ。行き詰まったときには自分が求める深みに達することはできないように思える……ところがうまくいっているときは、それがなんの苦もなく手に入る。

ミュージシャンと一緒に仕事をしたことで、自分の創作でも、もっと忍耐が必要だと気づいた。とくに映画は、完成するまでに何年もかかることがある。それはぼくが、命が危険にさらされた病気と、魂を押しつぶすような心の痛みから癒やされていく過程とも似ていた。長い時間をかけて癒やされていくには耐えなくてはならないし、他者を信頼し、自分の弱さをさらけだすことも欠かせない。

長年尊敬していた写真家のスコット・ソーエンスと偶然出会ったのは、二〇〇七年のぼくの誕生日に、クライミングとサーフィンのためにオーストラリアへ行ったときのことだった。彼のポートレイトはすばらしく、映画撮影の技術も高くて、ジャック・ジョンソンの初期のアルバムのカバーや、クリス・マロイの『シェルター』や『180°SOUTH／ワンエイティ・サウス』といった映画で撮影を担当していた。スコットはちょうど、ぼくが滞在していたヌーサに共通の友人たちを訪ねてきていて、自己紹介をしたあと、こう尋ねた。

「なんでベン・ムーンの機材がここにあるんだい？　ぼくは彼の作品が好きなんだ」

「ぼくのです」ぼくは遠慮がちに答えた。「以前からあなたの作品のファンなんですよ」

ぼくはかなり興奮していた。スコットに誘われて、バイロン湾へ十日ほど撮影しに行くことになった。そこで彼からたくさんのことを学び、ポートレイトに関するアドバイスをもらった。ぼくはいまも彼の言葉に従っている。アメリカに戻ると、スコットの家で二十時間眠って時差ぼけを治した。目を覚まし、寝ぼけたまま二階に上がると、キッチンに、ぼくとそっくり同じ服装をした人がいた。〈パタゴニア〉のグレーのジーンズと茶色のジャケット。映画『180°SOUTH／ワンエイティ・サウス』に出てくるシェパード・フェアリーの〈シン・レプレサス〉の黒いTシャツ。しかもサンダルまで同じだ。

「おしゃれですね」ぼくは言って、笑いながら握手をした。

こうして知りあったのが、優秀な宇宙物理学者にして、映画『シェルター』に出演しているサーファー、しかもその映画でぼくがいちばん好きな曲「ラン・リバー」の作曲者であるジョン・スウィフトだ。ジョンは、NASAで惑星や恒星の発見に携わっている文字どおりの天才なのに、とても気さくな人だ。同じ服でばったり会ったこのときから友達になった。またのちに、ぼくの治療費を援助するためのオークションに寄付された『シェルター』のDVDジャケットにサインし、「克服を祝って」と書いてくれた。

このシンプルな励ましの言葉は、とくに長いあいだ尊敬してきた人からのものだったから、心に染みた。この五年間は大変なことだらけだったが、信じられないことに、すばらしい人々と知りあい、よく会う友人同士になっていた。離婚やガンや失敗をどうにか生き抜こうと思ってきたけれど、もうすべて過去のことのようだ。ぼくは少しずつ、自分がなれるとは思っていなかった憧れの存在に近づいていた。ぼくの人生は曲がり道ばかりだったけれど、成功するにはどうすればいいかを、身をもって傷つきながら学んできた。

ありがとう、デナリ。ほかの誰も、それにぼく自身さえ信じていなかったときに、ぼくを信じてくれて。

化学療法が終わって二年たったころ、旅行中に友人の家に立ち寄った。彼女はそのときルーク・レノルズとつきあっていた。いままでは〈ガスター〉というロックバンドに加入しているルークは、当時ブレット・デネンのギターを弾いていた。彼とぼくは音楽やアウトドアの趣味が合った。おまけに誕生日まで同じで、親しい友人になった。ぼくはそのころブレットのライヴを撮影するようになっていた。ブレットや彼のスタッフとつきあうのが楽しく、ツアーにも同行するように誘われた。

それは二〇〇八年の秋で、ちょうどキヤノンの5DマークⅡが発売されたときだった。高画質の動画撮影もできるプロ仕様のデジタル一眼レフカメラが発売されたことで、映画撮影の世界はほぼ一夜にしてがらりと変わった。ぼくはそれよりまえに、海に捨てられたプラスティックごみに関するビデオを撮影、編集したことがあった。そのときに使ったのは〈コストコ〉で買った安物のカムコーダーだった。とはいえ、自分で実際に映画を撮ることになるとは思っていなかった。十六ミリ映画やプロ用のデジタルビデオカメラで撮影すると、とてつもない費用がかかった。それに写真がほとんど独学だったこともあり、映画の撮りかたはまるで知らなかった。

ブレット・デネンとバンドメンバーに会うために出発するとき、デナリにハグをして、出かけるのは十日だけだと伝えた。「ロバートのところでいい子にしてろよ」そのころぼくのスタジオマネージャーだったロバートは、ツアーに出かけているあいだデナリを預かると言ってくれた。ブレットの最初のライヴ会場は、ポートランドのクリスタル・ボールルームだった。ぼくはVIP通路を走りながら、友人たちの演奏を聴き、これからのツアーのことを考えて興奮した。

買ったばかりのカメラの性能については、大げさな褒め言葉をさんざん聞いていた。そこで、動画モードに切り替えてみた。広角単焦点レンズを使い、うす暗い照明のなかで絞り値を最大にしていたので、かなり遠くまであまりブレがない。まるで、ぼくがよく撮っている静止画が動きだしたようだった。目の前の瞬間を、自分が感じたとおりに記録することができた。ぼくは思いがけず映画と動画の世界に足を踏みいれることになった。そこから、さらに多くの扉が開いていった。たとえば、いまこの本を書いていることもそのひとつだ。映画作りはぼくの創作に深みをもたらした。コラボレーションの価値や、また全体は部分よりもはるかに重要だということを教えてくれた。

デナリはライヴには同行できなかったが、バンドと撮影をしているときは現地に来ていた。デナリがいると自意識過剰なミュージシャンがリラックスし、そのあいだに写真を撮ったり照明を調整したりできた。ポートランドにある自然光の入る〈タイプ・ファウンドリー・スタジオ〉でブラインド・パイロットと動画を撮影していたとき、デナリはよく回っているカメラのフレームに入ってきた。結局デナリは、完成した作品にいつもカメオ出演をしていた。その集大成になったのが、デナリがこの世界に遺した最後の愛のしるし、ぼくが撮影したショートフィルム『デナリ』だった。


ガン治療が終わって五年後、医師から、ガンが再発する危険は低いと告げられた。それよりも重要だったのは、体力が戻り、ずっと続いていた化学療法やホルモンバランスの悪さによる不自由さがなくなったことだった。気持ちもはるかに前向きになっていた。

ポートランドでの『180°SOUTH／ワンエイティ・サウス』の公開初日、楽屋でジェフ・ジョンソンとクリス・マロイに会ったとき、モデスト・マウスのリード・ヴォーカル、アイザック・ブロックが新しいガールフレンドのリサを連れて現れた。リサは、ぼくが以前に短期間つきあっていた女性だった。アイザックは短気だという噂を聞いたことがあったので、彼が手を差しだして自己紹介をしたときは少しひるんだ。だが彼はいらいらすることもなく、礼儀正しく親切だった。上映のあと、尊敬する映画監督エメット・マロイとクリス・マロイがアイザックの家でそのあと行われるパーティに誘ってくれた。

ぼくはバイクに乗っていたのでほかの人たちよりも早く会場に着いた。正面玄関への階段を上がっていくと、リサが洗い立ての寝具を抱えて二階の部屋のなかに入っていくのが見えた。気後れしながら、ノックをしてなかに入った。ブーツを脱ぎ、メッセンジャーバッグを置いたとき、アイザックがべつの部屋から現れた。

「いったい何をしてるんだ?」彼は言った。

「すみません、クリスにここでパーティがあるって聞いたんです」

「いや、彼らは帰ったよ。もう寝るところだ。さっさと帰るんだな」

しょんぼりして、かなり手間取りながらブーツを履いた。あわてて扉のほうへ向かっていると、肩を後ろから軽く叩かれた。振りかえると、アイザックの目は楽しそうに躍っている。

「だまされただろ、冗談だよ」彼は笑った。

ぼくはきついジョークでからかわれただけだと知って安心した。彼はぼくに泊まっていくように誘い、一杯差しだして、博物館でも開けそうなほどさまざまなものが置かれた家のなかを案内してくれた。

『180°SOUTH/ワンエイティ・サウス』の出演者やクルーが到着し、パーティが始まった。

数時間のあいだに大量の酒が消費された。壁にかけられた不思議なものを眺めてまわっていると、ボクシングのグローブがあった。そのひとつを手に取ると、アイザックがぼくを見て言った。「やろうか?」

リサは心配そうに首を振っていたが、アイザックはおかまいなしにぼくをキッチンに連れていき、彼の母と義父、リサ、ジェフ、クリス、エメットの前でグラブをはめた。現実とは思えなかった。映画と写真、音楽の世界での、ぼくにとってのヒーローたちに囲まれ、〈メトリウス〉で働いていたころに曲を聴きつづけていたロックスターと向きあっているのだ。

アイザックは並んだガラス戸の食器棚の前に立っている。ぼくの右には彼の母親と義父がいて、その隣では、スープの鍋がコンロの上で温まっている。彼は軽くステップを踏んでフェイントをしてからパンチを浴びせた。ぼくはそれをよけながら、この奇妙な出来事を理解しようとした。母親やガールフレンドの前で彼を殴ってもいいのか? ここにはぼくのヒーローたちもいる。食器棚のガラスを割ったり、怪我をさせたらまずいし。

アイザックはさらにすばやいパンチを繰りだした。ぼくはそれをくらって目がちかちかした。ノックアウトされるかもしれない。リサはアイザックの右腕を上げ、第一ラウンドの勝者だと宣言した。

「もう一回やろう」そう言ったのはぼくのほうだった。アドレナリンが出て、自尊心が傷つけられていた。グローブを軽く合わせ、たがいのまわりをまわった。今度は積極的に前に出て、パンチを繰りだした。あごにまともに当たり、帽子が飛んで、彼は少しぐらついた。アイザックはぼくより身長がかなり低く、リーチも三十センチほど短いとはいえ、遠慮をせずにお返しをして少しプライドを回復しないといけない。それはまるで通過儀礼のようだった。ぼくの映画作りに影響を与え、つらい日々に助けてくれた映画や音楽を作った人々の前で、ロックスターと向かいあい、パンチを交わしている。

後日、アイザックと地元のスーパーの食料品売り場でばったり会った。アイザックはぼくの上腕二頭筋をつかんだ。「なあ、気を悪くしただろう。パンチ力はあんなものじゃないはずだ。手加減したんだな？」

それから数年後、彼はぼくの人生でいちばんつらいときに電話をくれ、支えになると言ってくれた。

化学療法が終わって五年後、〈アウトサイド〉誌から電話があり、当時まだ有名ではなかったものの、命綱となるロープを一切使わずにひとりで登るクライミング、〝フリーソロ〟の分野ですでに伝説的な存在だったアレックス・オノルドの撮影を依頼された。この雑誌には長年のあいだ写真を載せてもらっていたのだが、ついに特集記事を担当できると喜んだ。クライミング仲間を通じてアレックスのことは以前から知っていたものの、撮影をしたことはなかったから、ぼくはこの話に興奮した。しかも、有名なアウトドア雑誌に載せることができるのだ。

アレックスはそれ以前に、ザイオン国立公園のムーンライトバットレスやヨセミテ国立公園のハーフドームの標準北西面コースを、どちらもロープなしで登っていた。たしかな計算にもとづいた、だが大胆なクライミングで名前を知られつつあるころだった。ぼくが撮影したのは、有名なテレビドキュメンタリー番組「60ミニッツ」に登場してアレックスが脚光を浴びるまえだった。ヨセミテ国立公園にある断崖絶壁の巨岩エル・キャピタンのフリー・ライダーと呼ばれる恐ろしいルートを、勇敢にもフリーソロで完登したのは十年後のことだ。この驚くべき偉業は、ドキュメンタリー映画『フリーソロ』として公開され、アカデミー賞を受賞した。映画は数か月にわたって上映され、アレックス個人だけでなくクライミングにも世間の注目が集まった。

アレックスは長年ロッククライマーとして旅を続けたあと、二〇一二年に非営利団体を設立し、太陽光発電によってすべての共同体に電気を届けることを目指して活動している。最初の数年、彼はなんと収入の三割をこの非営利団体につぎ込んでいた。マウンテンフィルム・フェスティバルで会ったときに彼が言った言葉を覚えている。肩をすくめて、まるで当然のことのように「必要以上のお金を稼いでいるからね。車で生活していれば、そんなになくてもいいんだ」と言ったのだ。ぼくは彼の発想に衝撃を受けた。その後、ぼくたちはともに電気自動車メーカー〈リヴィアン〉のアンバサダーになった。そして使用済みの電気自動車のバッテリーを使い、プエルトリコの山のなかにあるアドフンタスという自治体に電気を送るために小規模発電網を構築し、その様子を撮影した。この地域は、ハリケーン・マリアの被害に遭い、一年近く電気が通じていなかったのだ。

〈アウトサイド〉誌の記事のために、アレックスとぼくは一週間スミスロック州立公園で撮影をした。十一年間を過ごした峡谷を再び訪れるのは喜びだった。ぼくはアレックスを自分のお気に入りのルートで撮った。ある日の午後、雨が降っていたので、ぼくらは友人の家でポートレイトを撮影した。アイデアに困って、アレックスにシャツを脱ぎ、天井のむき出しの梁を素手でつかんでぶら下がってもらった。彼はいまでもときどき、服を脱げと言ったカメラマンはきみだけだとからかう。

最後に、オレゴン中央部の高地にあり、伝統的なクラック・クライミングのための壁面として有名なトラウト・クリークのいくつかのルートを、アレックスが単独で登るところを撮影した。幅一・八メートル、長さ十五メートルの巨大な玄武岩が何本もの柱のように地面から突きでていて、安全確保をするのにぴったりの割れ目ができている。その周囲の地域はフライ・フィッシングの愛好者にはよく知られている。彼らが分けいって釣りを楽しむデシューツ川の流れは地平線まで続いている。せり上がった玄武岩の柱という特等席から、ジェファーソン山に落ちる壮大な日没を眺めることができる。

暑い高地砂漠の午後のこと、撮影アシスタントとぼくがデナリを連れてキャンプの場所まで帰る途中、下を流れる川から聞こえる平和なせせらぎを切り裂いて、ガラガラヘビが音を出しているのが聞こえてきた。そのガラガラという音にぼくは驚いて、とぐろを巻いたヘビから人間とは思えない速さで飛びのき、一瞬で二メートルほど右側に移動した。しかもそのときぼくは、ロッククライミングの用具やロープ、カメラの本体、重たいレンズなど、全部で三十キロ近い荷物を抱えていたのだ。飛びながら、片脚を地面について体の向きを変え、ヘビに向かっていこうとしていたデナリにタックルして引きとめた。ぼくと絡まりあって地面に倒れたデナリは、「なぜ止めるんだ。きみを守ろうとしただけじゃないか」とでも言うように、驚いて反発するような表情でぼくを見た。

相手に向かっていって、顔か首をかまれたりしたら、デナリの命にかかわる。「とにかくありがとう、ディー」感謝し、デナリを抱きしめていると、ヘビはどこかへ行ってしまった。

「ぼくを守ろうとしているのはわかっていた。でもそれでおまえを失ったら……ぼくはおまえがいなくなった痛みに耐えられるかどうかわからないよ」

第十章　つぎの波

ぼくの写真は人間の感情を写すことへと焦点が移ったものの、過激なスポーツで自然と向きあうアスリートを撮ることもやめたわけではなかった。ストーマ袋という重荷を体につけているからといって、自分の限界を試す機会を逃したくなかった。

二〇一〇年の十月には、西の海から来た巨大なうねりに飲まれる大事故に遭い、究極の試練を体験することになった。オレゴン州リンカーンシティの沖合八百メートルほどのところにある岩礁、ネルスコット・リーフで行われるサーフィン・コンテストの撮影に招かれていた。コンテストのことを考えていたら、夜中の二時に目が覚めた。インターネットでブイを確認し、うねりの高さを調べた。

ブイの表示は「二十五フィート（約七・六メートル）、（波の間隔は）十九秒」となっている。ぼくは驚いた。つまり、岩礁では波が十五メートルを超える可能性があるということだ。オレゴン州のサーフィン・コンテストで、そんな高い波は見たことがなかった。

朝になると、波は十四メートルから二十メートル近くに達していた。たくさんのジェットスキーがひっくり返り、サーフボードはなくなったり壊れたりしている。ビッグウェーブの怖さを知っているベテランサーファーたちはコンテストに加わらずに様子を見ていた。午後になると、ぼくはジェットスキーで沖に出て撮影を始めた。巨大な雪崩《なだれ》のようなうねりのエネルギーが、めったに見られない自然の力を誇示していることに畏敬の念を覚えた。

壊れていないジェットスキーに乗って写真を撮っていたのだが、その一台も調子がおかしくなってしまった。ぼくはそのまま、ドライバーだけ交代してもらうことにして、三十メートルの滝落ちで有名な超一流のカヤッカー、タオ・バーマンの後ろに乗った。だが、彼が慣れているのは海の波や海流ではなく、川や滝のほうだった。しかも心細いことに、ジェットスキーに深刻な問題が起きていて、通常よりかなり弱いパワーしか出せなかった。

結局、不幸な出来事がいくつも重なって、ぼくはオレゴンのサーフィン史上最大の波に飲まれることになった。そのとき参加者やスタッフ、ほかのカメラマンたちはふたつの岩礁に挟まれた比較的安全な場所にいたのだが、連続する巨大な波が襲ってきたため、あわててジェットスキーを北に向けて、安全を求めて波のショルダーの部分を目指した。

タオが最初に来たとてつもない大波の正面にジェットスキーを向けたとき、スキーはぐらつき、動きが鈍くなった。ハワイやブラジル、オーストラリアから来たベテランのサーファーたちは、波が崩れるまえのうねりに向かっていった。ところがタオは彼らとはちがって、波の正面を向いてそれを乗りこえようとした。だがその判断は誤りだった。

スキーはすぐにひっくり返り、波の谷が近づいてきたときにはまたエンジンが鈍くなった。

しかもちょうど背後で最初の波が崩れてすさまじい轟音がして、もう何年も感じたことがないほどの恐怖を覚えた。この状況では、生きて戻るには天の助けが必要だろう。だが、それほどの恐ろしさにもかかわらず、ぼくの心はなぜか落ち着いていた。ひとつでもミスをしたら終わりだ――パニックは死を意味する。

山のような波が背後で爆発し、高さ二十七メートルの白い波の壁がまるで除雪車のブレードのようにぼくたちを包んだ。タオが「つかまってろ！」と叫んだとき、引き波がジェットスキーを持ちあげ、ぼくたちは空中に投げだされた。ジェットスキーは頭上に浮かび、タオはぼくの三メートルほど下にいた。ぼくはプロレスのパイルドライバーのような姿勢で彼に激突した。この海の猛威のなかでなければ、思わず笑ってしまうような光景だっただろう。タオの上に落ちたつぎの瞬間、ジェットスキーが肩にぶつかり、ぼくは海のなかに沈んだ。もし当たったのが頭だったら、間違いなく意識を失って溺れ死んでいたはずだ。

崩れた波に飲まれ、表現を超えるほどの水の力を受けて、ぼくは巻きこまれ、もまれ、引き裂かれた。このときのすべての内臓がひとつずつハンマーで殴られたような感覚は、三日後になってもまだ残っていたほどだった。

それからほぼ正確に十九秒の間隔でさらに三つの巨大な波がやってきて、海に沈められた。そのたびに、どうにか浮かびあがって息をついた。もし五つめの波がやってきたら、これが人生最後の呼吸になるかもしれない……。空気はしだいに穏やかになり、意識は研ぎすまされた。時間がゆっくりと過ぎ、空は深みを増していった。

つぎの波はやってこず、ありがたいことに海は穏やかになった。ぼくは必死で炭酸を含んだ海水の表面に浮かんでいる泡をさけようとした。泡のせいで目がよく見えないし、息を吸うとむせてしまう。タオが「大丈夫か？」と声をかけてきた。そして、冷静にこの状況の厳しさを認めた。「誰もジェットスキーでここまで助けに来てはくれないだろう。たぶん流されて岸に戻っていると思っているはずだ。自力で泳ぐしかない」

見上げると、上空をセスナ機が旋回している。ついさっきサーファーたちと一緒に海に入ったとき、海面でコンテストの迫力を味わいながら撮影するために、ぼくはそれに乗ることを断ったのだった。暖かくて、快適そうだな。なんで乗らないなんて言ったんだ。車の後部座席のベッドで体を丸めているデナリのことが頭に浮かんだ。そして、もう一度だけでいいから、デナリの鼻面を胸に押しあてて眠りたいと心から願った。

このコンテストの撮影に危険があることは理解していたが、これはさすがに想像を超えていた。そもそも競技を開催するにあたって、救助用のジェットスキーは一台しか用意されていなかった。たとえこんな高波に遭わなかったとしても、それでは足りなかっただろう。ぼくたちが遭難していることを、たぶん誰ひとり気づいていないはずだ。救助チームもコンテスト参加者も、岸に戻ったと思っている。ガンを克服したんだ！　こんな終わりかたをしてたまるか！

ぼくは心のなかで叫んだ。

はるか遠くの安全な場所へ向かって泳ぎはじめると、砂浜の近くで崩れた八メートルほどの波がこちらに向かって引いてきた。驚くほどの強さだ。タオは「泳げ！」と声をあげると、懸命に水をかいて進み、どうにかこの新たな危機を逃れようとした。どういうわけか、ぼくはまだ大きな防水ケースに入ったカメラを持っていた。こんな状況でも、日常やそこにいる理由を思いださせてくれるものを手放したくなかったのかもしれない。一瞬、カメラを捨てようかと考えたが、やはり持ったまま、両脚と片腕で最後の力を振りしぼって泳ぐことにした。フィンをつけていなかったので、必死に泳いでもあまり進まない。つぎつぎに寄せてくる波のなかでも最大の波を越えようとしたとき、ライフジャケットの浮力で波の頂上に近づきすぎた。波の底が押されるように下がっていくのを見ると、気分が悪くなった。それから、六メートル下にある巨大な岩のようなものに向かってまっすぐに落下した。覚悟を決めて目を閉じると、その物体から一メートルほどのところに落ちた。よく見ると、それはぼくらが乗っていたジェットスキーの残骸だった。まず左足の内側が海面を打ち、膝とその内側の靭帯をひねった。

ぐちゃぐちゃに渦巻いている海流の泡に隠れている岩にぶつからないように両腕で顔と頭を覆い、まだ遠く見える岸を目指してボディサーフィンで進んだ。十分後、足が海底の砂につき、生きて切り抜けたことを知った。タオはどこにも見えず、おかしなことだが、彼は岸にたどり着けなかったのだと静かに受けいれるような気持ちになりかけたとき、向こうからタオが姿を現し、興奮して声をあげた。

「これで十五メートルの波を泳いで越えられることがわかったよ。すごいことだよな？」茫然とするぼくに向かって、彼はさらに話しつづけた。

「死ぬかもしれないと思わなかったかい？」

ぼくは指を二本上げ、弱々しく認めた。「ああ、二回思った」

「二回？」彼は嬉しそうに声をあげた。「すごいじゃないか！」

まるで、泳いで戻ってもう一度同じことをやり直したいとでもいうようだ。

あとでタオの経歴を調べてみてわかったのだが、彼は自分に対して強烈な自信を抱いていて、恐怖心などものともしないのだ。あの恐ろしい経験も、彼にとってはちょっとスリルある乗り物と同じ程度のものでしかないらしい。だが、ネルスコットで巨大なうねりを経験したべつのサーファーたちはまるでちがう反応をした。あとでその話をジェリー・ロペスにすると、静かに説明してくれた。ネルスコットのようにまとわりつく波だと、波頭が海面に打ちつけるゾーンに長く引きとめられ、すぐに飲みこまれてしまう。その点ではマウイ島のノースショアのペアヒ（別名〝ジョーズ〟）の大波よりもはるかに危険だ。ジェリーは怒りで目を細めて言った。「死んでいてもおかしくなかった。絶対にあってはならないことだ。次回は、電話をくれたらわたしがジェットスキーを運転するよ」

海岸に上がったとき、それがどこなのかわからなかった。崖にかかった階段を登り、上に着くと、何軒かの家が建っていた。人々が集まっていて、そのなかに友人のサム・ビービがいた。彼はたまたまこの崖の上から、岸に向かって泳いでくるふたりの人物の写真を、それがぼくだとは知らずに撮っていた。

彼を見つけ、かすれた声で「サム？」と声をかけたとき、急にこの出来事の重大さが飲みこめて、ぼくは泣き崩れた。あれほど強大な波の威力を説明するのは難しいが、陸と海のちがいはあるにせよ、なすすべなく竜巻に巻きこまれたようなものだ。人生で最も緊迫した四十五分間だったが、死に直面したことでぼくはかえって落ち着いていた。自分の力だけで生きて帰れる状況ではないことを深く受けいれていた。ガンのときには、パニックになり、暗く張りつめた不安を受けいれるまでに長い時間がかかったが、今回の大波では、まるで座禅でもしているように意識が澄みわたっていた。パニックに陥っていたら、貴重な酸素をなくして溺れてしまうか、炭酸を含んだ海水を吸いこんで息を詰まらせていただろう。決してパニックを起こしてはならない。それだけはたしかだった。

サーファーたちと気楽な会話をすることでその経験を振りはらおうとしたが、気がつくととても疲れていた。ひとりになる必要があるようだ。よろよろと車に戻ると、デナリが我慢強く待っていた。眉を上げて心配そうにこちらを見て、深いため息をついた。そのとき、心を覆っていた鎧がとれて、涙がこぼれた。デナリをぎゅっと抱きしめて、波に飲まれてからはじめて深く息をついた。

数日たってもまだブルドーザーにひかれたような気分で、そのときになってようやく、自分が受けたショックの大きさがわかった。デナリはこの出来事のあと何日もぼくをよく観察し、自分でも気づいていないぼくのトラウマを感じとっているように思えた。まるでいつもぼくよりもはるかに早く物事を察知しているかのようだった。

そんなデナリの存在がとても心強かった。

この事故では、死ぬかもしれないという強烈な感覚を短い時間のうちに味わったが、ガンになったときは、長い時間をかけてそのことを考えさせられた。海の巨大な力のなかで、ぼくはその一秒ごとを生きていた。一方ガンとの闘いは、一分、一時間、一日、ひと月という単位だった。ただ、苦しい治療の先行きを考えるのはあまりに重く、たいていはそこから目をそらしていた。

このふたつの経験で負った心の傷は、その後何年も残った。少しでも体調を崩したり、頭痛があると新しい腫瘍ができたのではないかと心配し、サーフィンをしていて目の前の波が高くなると毎回パニックになった。

五年後にノルウェーのロフォーテン諸島で激しいうねりにあったときは、呼吸が速くなり、必死で泳いで岸を目指した。そのまままたくさんのサーファーがいる場所を通りすぎようとしたところで、「ベン！　何をしてるんだ?」と友人に声をかけられて我にかえった。

深い心の傷から癒やされるにはまだ何年も、もしかしたら一生かかるのかもしれない。コンテストでの事故以来、波に向かうごとに少しずつ大波の経験を穏やかに受けいれられるようになり、ガンが寛解してからは、ひと呼吸ごとに、腫瘍を恐れる気持ちは薄れていっている。

第十一章　デナリの闘い

二〇〇九年五月、曇ったポートランドの朝。ぼくは提出期限が近づいた編集中の写真をわきに置いて、家の裏口に腰を下ろしてぐずぐずとマテ茶を飲んでいた。いったん仕事に入れば、画面の前から六時間は離れられない。そのまえに、デナリの背中を撫でて心を許せる相手と静かに過ごすひとときを楽しみたかった。デナリは九歳半になっていたが、まだ動きは俊敏で、運動能力の衰えもなかった。近所の森を通るトレイルの長いセクションをよく一緒に走った。ポートランドには面積が二十一平方キロメートルもある広大な公園、フォレストパークがある。そのなかを通る全長百三十キロメートル近いトレイルの一区画にあたる十六キロがぼくたちの定番のコースだった。

デナリの毛をかき分けていて、体にしこりがあることに気づいた。背骨の十センチほど右側だ。嫌な予感がした。それまでは何もなかったところだ。すぐに獣医に連絡し、診てもらうことにした。

わずか二ブロック先の動物病院まで、不安な思いで歩いていった。デナリはいつもと変わらず、そこに行けば必ずもらえるご褒美をあてにしてリードをぐいぐい引いていった。助手に気に入られているし、大好物のおやつを出してもらえる。食べ物やご褒美を使ってトレーニングはしなかったが、北国の犬らしく、デナリはいつも食欲に忠実だった。やろうと思えば、たくさんの芸を覚えられただろう。

検査のためにしこりの組織を採取するとき、ほかにも三つ小さなしこりが見つかった。そのうちひとつは右前脚のつま先にあった。心配したとおり、四つともすべて悪性の腫瘍だった。デナリはガンにかかっている。

頭がぼんやりして、あたりがかすんだ。ぼくのせいだろうか？　なぜこんなことになったんだ？　混乱しながら、獣医が甲高い声で話すのを聞いていた。

「右前脚の腫瘍は心配ですね。切除するために、脚を切断しなくてはならなくなるかもしれません。犬は三本脚でも歩けますから」

脚の切断？　デナリはアスリートなんだぞ！　そんなことありえない。ぼくは驚き、同時に罪の意識を覚えた。

その日の午後は、デナリのお気に入りのトレイルを走り、ありったけの愛情とご褒美を与えた。デナリはぼくにぴったりと寄り添って、腕のなかでひと晩眠った。デナリ自身にどうするか選ばせることはできないが、ぼくに判断を委ねてくれるだろう。

つぎの朝、獣医がデナリの治療の準備をしているとき、デナリの命を救うためならなんでもしてほしいとお願いした。「もし脚を切断しなくてすんだら、ぼくもデナリもずっと感謝します」デナリはいままでぼくを岩や柱のようにしっかりと支えてくれた。ぼくの幸せに欠かせない存在だ。もし三本脚になったら、生活は大きく変わるだろう。

ガンがすでにデナリのリンパ節に……いやそれどころか、臓器に達していたらどうしよう。デナリが早死にしてしまったら、ぼくは生きていけるだろうか。ほんの数週間前まであんなに元気だったのに。

もっと早く症状に気づかなかった自分を許せないかもしれない。自分のガンのときはずっと病気ではないと思いこんでいたために命を危険にさらすことになった。もしデナリが同じことになったら耐えられない。

治療のあと、ぐるぐる巻きの包帯にショックを受けながら連れて帰った。背中の片側は三十センチほど、反対は十センチほどの皮膚が取りのぞかれている。

「愛してるよ、ディー。どんなことがあっても、ぼくはきみのためにそばにいる。それに、ありがたいことに脚はまだちゃんと四本ある」

車の荷台に作ったキャンプ用のベッドに優しくデナリを寝かせた。つらそうに、デナリはじっとこちらを見つめながら、ぼくの手をなめた。

麻酔が切れてくると、デナリは立ちあがって吠え、それから痛みでうめくように鳴いた。目を大きく開いてあたりを見まわした。なじみのない強い痛みに混乱しているようだ。毛が剃られ、ハサミを入れられた箇所がまだら模様になっていて、森林が伐採されたオレゴン州の航空写真のようだ。背骨のわきに残った皮膚が、縫い目のほうへ引っぱられ、ホチキスで留められている。

デナリは足を引きずり、ドアのほうへ歩いていった。ところが、傷をなめるのを防ぐために首に巻いたエリザベスカラーがドアの枠にひっかかり、尻餅をついてしまった。デナリの顔には、救いのない絶望が浮かんでいる。ぼくは駆け寄って抱きしめ、顔を埋めて泣いた。「きっとよくなる。ぜったいにおまえのそばを離れない」

その晩はリビングルームの布団でデナリと顔を寄せあって眠った。痛み止めを飲んでいたけれど、デナリは数分ごとに鳴き声をあげた。ぼくはそのたびに胸が引き裂かれるようで、少しでも楽になるようにした。長く暗い数時間ののち、ようやく朝が来ると、苦しめるようなことは絶対にしないと約束した。

「そのときが来たら、ぼくに教えてくれ。きっと教えてくれよ」

デナリは化学療法でぼくが最悪の状態のとき、いつも寄り添ってくれた。ほとんどベッドから出られなかったときも変わらずそばにいてくれた。その友情に、どうしたらお返しができるだろう？　横になったまま、さまざまな楽しかったときを思いだし、いまの状況を笑い飛ばそうとした。「おまえはきっともとどおりになるさ、ディー。きっとだよ」

デナリは病気とねばり強く闘い、このときはぼくのもとを離れなかった。だが四つの腫瘍、とくにいちばん大きな背中のものを切除したことはかなり体の負担になり、回復するのに数か月かかった。ランニングをする代わりに、ぼくたちは十六キロのコースをゆっくりと歩いた。縫い目を保護するためにぼくの古いTシャツを着せ、ありがたいことにまだ四本ある脚の先には〈ラフウェア〉の犬用ブーツを履かせた。〈ラフウェア〉がデナリのためにジャケットを送ってくれたのでそれを着させ、まだ傷跡に残っているホチキスをなめるのを防いだ。デナリは少しずつ体力と運動能力を取りもどし、かなり回復した。このあとも、完全に以前と同じに戻ることはなかったが、外へ出て冒険をすることへの意欲は衰えなかった。

第十二章　すべての瞬間を楽しむこと

冒険写真家は、プロの写真家ならば誰でもそうだが、いつも各地を旅している。ぼくはデナリを旅に連れていけないときは、最大でも二、三週間で帰ってこられるように計画していた。同業者のなかには、ヒマラヤ山脈で何か月も過ごしたり、撮影地を飛びまわったりして、家には一年のうち三か月しかいないことを誇りにしている人が多いが、ぼくはデナリとできるだけ一緒に過ごせるように仕事を選んでいた。例外は二回、カウアイ島とオーストラリアに長期間滞在したときだけだ。どちらもぼくのキャリアや成長にとって非常に重要で、しばらくデナリと離れることになっても行く価値があると思った。それも、デナリのことを愛してくれ、ぼくが不在のあいだ世話をしてくれる信頼できる友人たちがいたからこそできたことだった。

腫瘍を切除したあと、デナリに年齢や手術による衰えが出はじめた。手術前は、十六キロのランニングでも遅れることはめったになかった。ところが走る速度がかなり落ちたので、デナリがつらくないように冒険も加減しなくてはならなくなった。デナリが十一歳のとき、ブリティッシュ・コロンビア州のスコーミッシュにあるスタワマスチーフの近くをハイキングしていて、衰えがはっきりとわかる出来事があった。頂上まで半分ほどのところで、デナリは呼吸が荒くなり、目を大きく見開き、明らかに酸欠で苦しみはじめた。同行者たちは、デナリがひと息ごとに大きな音を立て、酸素を取りいれようとしているのを見つめていた。ぼくははじめその状況の深刻さがわからず、数分ごとに休みながら登りつづけるように促した。ただ疲れが出ただけで、一緒に登頂したがっているはずだと思いこんでいた。

だが登るにつれ、ますます深刻な状態になった。デナリは山頂までは行けないだろう。もしこのまま進んだら、デナリは疲れはてて倒れてしまうかもしれない。ぼくは大きな衝撃を受けた。これはデナリの年齢による衰えの動かしがたい証拠だ。この十年間どこに行くときも、いつも元気いっぱいで喜んでついてきてくれた相棒が、これからは家で留守番をしなくてはならなくなる。

ぼくとデナリはハウサウンドの青緑色の海を見渡しながら休憩した。デナリの息はまだ荒く、喉に何かがつかえているような音が混じっている。寄りかかってくるデナリのジャケットを撫でた。〝ぼくたち〟の冒険は、これからはもう〝ぼく〟だけの冒険になってしまうかもしれない。それがどんなことなのか、まるで見当もつかなかった。十年以上、いつもデナリに頼って苛酷な状況を切り抜けてきたのだ。隣にデナリがいなかったら、どうやって力を呼び覚ませばいいんだろう。

スコーミッシュでの滞在はまだ一週間あった。ソニーとぼくはデナリに留守番をさせて、スコーミッシュ・バットレスに新しいルートを開拓した。スタワマスチーフの標準ルートの手前、初心者にとって障害になっていた場所に、まる五日かけて新たな三ピッチのルートを作った。体力的にはつらい作業だったが、とてもやりがいがあった。

ぼくたちが開拓したスコーミッシュ・バットレスのノースフェイス（地元ではバットライト、またはバットフェイスとも呼ばれている）というルート完成を祝って、ソニーは六人の一流クライマーを招待し、高さ五百五十メートルのコースをフリーソロで登った。難易度は最高でも5・9で、参加者にとっては簡単だったので、チョークバッグにビールを詰めて、岩でできたバットレスまでのルートをすばやく進んだ。笑ったりふざけたりしながら、気楽にバットレスを登った。誰ひとりとしてロープをつないでいなかったから、ひとりが滑ったら何人かが数百メートル下の地面に叩きつけられることになるのだと、何度か頭をよぎった。集中力は切らさないようにしていた。ソニーとぼくが開拓したルートで、先に登っていったアレックス・オノルドが下に向かって言った。「ほんとうにいいコースだ！」それは心からの言葉で、ぼくたちの仕事に対するこれ以上ない称賛だった。

ぼくたち八人は、駐車場を出てからわずか四十五分で頂に立った。景色を眺めていると、イギリス生まれのクライマーで、パラシュートをつけて高所から飛びおりるベースジャンパーのティム・エメットが言った。「パラシュートが八つあったらいいのにな」帰り道は登りよりも時間がかかった。

カナダから帰ると、動物病院でデナリの呼吸を診てもらった。診断は喉頭《こうとう》麻痺で、呼吸をするときに喉がうまく開かなくなっていた。それが息苦しさの原因だった。

デナリを苦しめないという誓いを思いだし、つらい思いをしているかどうかを尋ねた。「デナリの年齢で、外科手術はできますか？」

「処置は高額になりますが、多くの場合しっかり改善します。いまは本来の機能が失われているので、水を飲んだときや泳いだときに、水を肺に吸いこんでしまう危険があります。肺炎になる可能性もあるでしょう」

腫瘍の手術のときにもデナリはかなり痛がっていた。もう一度手術を受けさせるのがいいことなのかどうか、ぼくは悩んだ。

何か月か様子を見たが、喘息のような症状はよくならなかった。それで、デナリが昔のような元気と体力を取りもどすために、多少のリスクを冒しても手術をしたほうがいいと判断した。預金が少なく、手術代を払うあてがなくて困っていたところへ、〈パタゴニア〉から電話があった。ベンドで半日トレイルランニングの撮影をしてほしいという依頼だった。これまでに何度もあったことだが、またこのときも、できるあてのないことを考えていたら問題がひとりでに解決されてしまった。撮影現場に移動する三時間のあいだ、ぼくはずっとひとつの言葉を繰りかえしていた。「この仕事はおまえのためだ、ディー。愛してるよ」

十二歳になったデナリの体は耐えられるだろうか。手術の準備を見ていると、心が張り裂けそうだった。ガンの治療で全身麻酔をされたとき、ぼくは必ず気分が悪くなった。注射の針が刺さるとき、デナリの頭を撫でた。これで呼吸がしやすくなって、またトレイルに一緒に行けるようになると言って安心させた。

この年齢では奇跡的なことに、今回の手術は腫瘍切除のときと比べて、負担はかなり軽かった。つぎの週には早くも調子が戻っていた。もう酸素不足に苦しんでいないので、長いあいだ耐えてきたつらさが顔から消え、呼吸は安定してリラックスしているようだった。

それからもぼくとデナリは冒険を続けた。ただ、行動範囲は狭くなり、ペースは遅くなった。体力は落ちていたが、出発のまえには天候を確認し、暑すぎも寒すぎもしないときを選んで、毎日お気に入りの場所へ連れていった。

デナリが十四歳の誕生日を迎えたあと、スミスロック州立公園に行き、昔キャンピングカーで暮らしていたころに登っていたツナミという難易度5・12cのルートを、友人のシャンジーンと登った。デナリと来られるのは、これが最後になるかもしれない。

スミスロックの駐車場まで戻る急な坂道は、ふつうなら歩いて二十分くらいなのだが、その日のデナリには厳しかった。ぼくは、自分の背中とバックパックに均等に重みがかかるようにして、かつてはすばらしい筋肉がついていたデナリの体をそっと抱えた。十三キロある荷物に二十七キロが加わった。それでも、ぼくの旧友、そしていちばんのクライミングパートナーであるデナリと一緒に登ることができるのだから、まるで重いとは思わなかった。

冒険に出かけることは、とくに暑い夏のあいだはめっきり少なくなった。近場でできる撮影の仕事を増やし、生活はスローペースになり、ポートランドの街中での散歩の距離は、十ブロックから五ブロック、三ブロックとしだいに短くなっていった。デナリの足取りはますますおぼつかなくなったけれど、ぼくたちの絆は相変わらず固かった。

デナリはラズベリーの実を食べるのが好きだった。ポートランドの家の裏手には、その食欲を満たすさまざまなものが生えていた。プラムやイチジク、アンズ、イチゴ、とげなしのブラックベリー、それに三種類のチェリー、桃と梨、ネクタリンなどがあった。最後の夏に、デナリはまだ熟していないイチゴの実をひとつ残らず食べてしまったことがある。おまけに、低いところになっているチェリーまで食べ尽くし、地面に落ちたプラムとイチジクを漁った。ぼくはデナリがずっと梨の枝と綱引きをしているのを見て声をあげて笑った。まだ青い実が枝から離れなくて、デナリの尻はぷるぷると震えていた。それでもあきらめず、しまいには枝が根元から折れ、それでようやく実を食べることができた。

人間の食べ物で与えたことがあるのは、ツナやサバの缶詰に入っている汁やリンゴの芯くらいだった。けれどもデナリは北国の犬の本能で、いつでも何かを腹に入れようとしていた。スミスロックのふもとのトレイルをハイキングしているときには、いつも誰かが岩の隙間に捨てたリンゴの芯を探していた。

このころには聴力が落ち、デナリの耳はほとんど聞こえなくなったが、ぼくがキッチンのまわりにいるときだけは必ず気づいた。言葉は聞こえないのに、缶切りでツナやサバの缶詰を開けたときには必ずそこにやってきた。

母方の祖父アートも、晩年にやはり同じように特別なものだけ聞こえる状態になった。「アート！　聞こえてるの？」祖母がべつの部屋から声をかけ、それが三回続くと、祖父は「ああ、ヘレン。ちゃんと聞こえてるさ」と答えるのだった。

動きが遅くなったデナリは、待つこと、力を抜くこと、すべての瞬間を楽しむことを教えてくれた。ぼくはデナリが年老いたと嘆くのをやめ、繰りかえされる日々の暮らしや、年齢によるおかしな行動を楽しむようになった。十六キロのランニングは、いまでは近所をちょっと歩くだけになったけれど、デナリはその短い散歩を楽しみ、道ばたの葉っぱや枝をひとつずつ、以前と変わらない熱心さで嗅いでいた。

「そのときが来たことを、どうやって知ればいいんだろう？」

ぼくはそれをずっと考えていた。散歩のときは、いつも優雅に、かっこよく歩いてくれと願った。旅に出ると、ぼくがいないあいだに死んでしまったらどうしようと心配になった。けれども心のどこかで、デナリはぼくがついていないのに死んでしまうことはないとわかっていた。

第十三章　最後の日々

二〇一三年の最後の夏には、デナリはゆっくりとではあったけれど、まだ外へ出ることができた。聴力はかなり落ちていたが、まるで聞こえていないふりをしているように思えるときもあった。事件が起きたのは七月四日の独立記念日だった。ぼくは海岸でキャンプをするために、玄関を開けっ放しにして車に荷物を載せていた。夜のあいだ家のなかを自由に歩きまわれるように首輪をはずしていたら、いかにもデナリらしいことに、目を離したすきにいなくなってしまった。

家のなかを探しまわっていると、不安がこみあげてきた。デナリは通りに出てしまったらしい。首輪もつけていないし、耳はほとんど聞こえていないのに。しかも今日は、犬にとって最悪の日だ。独立を祝福する花火が上がる。ポートランドの住宅地も例外ではない。すぐに見つけないと、これきり会えなくなってしまうだろう。

ほかのどの日にもまして、独立記念日には迷子になる犬が多い。罪悪感と吐き気が波のように襲ってきた。ぼくの不注意のせいで、デナリがいなくなってしまった。名前を呼びながら近所を走った。だが、たとえぼくの声が聞こえたとしても、デナリはやりたいようにやるだろう。あらゆる手段を使って新しい友達を作り、おいしい食べ物を手に入れようとするだろう。ぼくは自転車で周辺を探しまわった。

デナリを見つけられないかもしれないと思うと、涙がこみあげてきた。息を弾ませ、近所をもう一度歩きまわっていると、網でステーキを焼いているにおいがしてきた。それをたどってどこかの裏庭に入っていくと、たくさんの人々に囲まれてデナリがすわっていた。みんなに撫でられ、ちやほやされている。目は焼き網にくぎづけで、ぼくが近づいても、ソーセージやTボーン・ステーキで頭がいっぱいで気づかない……。

その出来事のすぐあと、年老いた犬がよくかかる特発性前庭疾患の発作が起きた。前庭は犬などの多くの哺乳動物の、平衡感覚や空間認識をつかさどっている。これがうまく働かないと、犬はめまいがして、感覚がおかしくなる。周囲のものが動いていないのに動いているように感じてしまう。

この病気にかかると、犬は前触れもなくバランスを崩し、ときには頭を揺らしてぐるぐると円を描いて歩くようになる。これは死が近づいたしるしであり、この不思議な病気の発作が起こると、多くの場合、飼い主は安楽死を選ぶ。

ぼくとデナリは裏庭でボールを取ってこさせる遊びをしていた。元気だったころと比べるとかなり遅いが、子犬のころと変わらない熱心さでボールを追いかけていく。その何度目かで、急に様子がおかしくなり、デナリは頭を片側に傾けて地面に激しく倒れた。駆け寄って目をのぞきこむと、混乱して目を見開きながら、必死でぼくの顔を見ようとしている。この場で息絶えてしまうのではないかと恐ろしくなった。それから十日間、デナリは立ちあがろうとすると必ずよろけた。バランスが保てず、やがて吐いてしまったり、はじめてベッドにお漏らししてしまうのを見るのは痛ましかった。

おしっこのために外に出るときは、庭まで抱えていき、デナリが倒れて体を尿まみれにしてしまわないように支えていないといけなかった。それ以外のときは寝床に横になり、困惑したようにぼくを見つめていた。デナリの体に顔を埋めて涙を流し、どうか尊厳のない死にかただけはさせないでほしいと願った。ぼくは長いこと、デナリを高貴な力強さの象徴だと思ってきた。最後の日々を名誉と尊厳を持って過ごすことができるように、回復を心から祈った。

ぼくは切羽詰まり、何か希望を抱かせるものはないかとネット上を探して、犬に鍼治療をするホリスティックな獣医、ベッキー・ジェスターに行き当たった。ベッキーは庭でデナリを診て、背骨と首のまわりのツボを電気鍼で刺激した。

一時間後、ベッキーは治療を終えた。するとデナリはゆっくりと起きあがって、テニスボールのところへかけていき、しっぽを振りながらぼくを見た。デナリが急に昔のようになったのを見て、ぼくは喜びのあまり恥ずかしさも忘れて泣きじゃくった。病気を克服できたことが信じられない思いだった。

十二月の暗く短い昼に寝床でデナリに寄り添い、目を見つめた。その目は年のせいで濁ってきたが、相変わらず優しい。これまで十四年二か月、つまり五千日以上のあいだ、どんな困難にもひるむことなく、良し悪しを判断せずにただ黙ってぼくを見つめてきた目だ。

メラニーとの結婚が破綻して打ちひしがれていたとき、デナリはずっとそばにいたし、手術や化学療法で衰弱していたときも、いつだって守ってくれた。キャンピングカーで車上生活をしているあいだ、ぼくが自分を見失ってはどうにか築きなおそうとしていたとき、ライトボックスにルーペを当てて何時間もポジフィルムをのぞきこみ、なんとかキャリアを軌道に乗せようとしていたとき、落ち着いた顔で支えてくれるデナリの存在だけがいつも変わらずにそこにあった。車上生活をやめた後、ぼくがコンピュータの画面をじっと見つめ、写真の編集や調整をしていた長い時間は、デナリにはあまりにばかばかしく思えたことだろう。

やせ細った背中を撫で、突きでた背骨に触れながら背中からお尻へと指を這わせた。以前は力強かった太ももがかなり衰えている。だが体は弱っても、デナリの心はまだ誇りを失っていない。それは老いによって奪われてしまうことはない。

デナリは子犬のときに捨てられたことや、そのあとの危機、四つの悪性腫瘍、呼吸が苦しくなる喉頭麻痺との闘い、そして特発性前庭疾患の発作にも負けなかった。いま、体は弱っているが、目はまだ献身と忠実さに輝いている。デナリはぼくのためになんでもしてくれた。

ぼくはいつだってきみのそばにいた。何度だって同じことをするさ。さあ、そろそろ散歩に

行こう。

ぼくは優しく話しかけ、長いあいだ喜びや苦しみを分かちあってくれたことに感謝した。柔らかい耳にささやきかけるぼくの声は震え、目には涙がたまっていた。

「もういなくなってもだいじょうぶだよ、デナリ。きみはずっと、いつだってぼくを支えてくれた。ぼくはそのことをいつまでも感謝しつづける。どうかそのときが来たら教えてくれ。ぼくはここにいるよ。愛してる。ありがとう」

デナリはいつもぼくのそばにいた。デナリがいなくなったあとは、ひとりで立って進んでいかなくてはならない。デナリはこれからぼくがさらに成長した人間として生きていく、その入り口まで一緒に歩いてくれたのだ。

翌日の大晦日には、これまでにたくさんの時間を一緒に過ごした海岸にデナリを連れていくことにした。寒い冬の夜だったので、デナリが暖かく快適でいられるように薪ストーブのわきに残して、暗くなったビーチを歩いた。頭上で星が輝き、歩いていく砂のなかで生物発光が起こり、闇を照らした。離れ岩、チーフ・キワンダ・ロックは霧に覆われている。ぼくはその岩を眺め、何千年ものあいだ冬の嵐に耐えてきた確固とした姿に驚嘆した。まえの晩から、繰りかえし心のなかで言葉を唱えていた。しっかりしろ。デナリはもうすぐいなくなる。大人になってはじめてひとりになるんだ。

きみは強いから、ひとりでも生きていける。デナリの声が心に響く。ぼくの自信がなくなると、いつもそれを見抜いているような気がした。

長いあいだ、デナリがどれほど支えてくれていたかをはっきりと知った。もう、これからはひとりで生きていける。そうするしかない。デナリがいたからこそ、ぼくは成長し、自分を信じて、不安を克服することができたのだ。

近くのカニ漁船の照明が、岩を鮮やかに、映画のように照らした。のちに、この岩を背景にしてショートフィルム『デナリ』のいくつかのシーンを撮ることになる。

翌朝、二〇一四年の元旦にサーフィンに行った。波も海にいるメンバーも完璧だった。ぼくは気のおけない仲間たちと湾内で波に乗った。背後から金色の光が当たった波のトップを滑っていると、友人のジャスティンが声をあげて応援してくれた。岸の近くで収まっていく波の上で、何も心配することはないのだと気づいた。デナリはいつまでもぼくの一部でありつづける。

つぎの週、ぼくはショートフィルムのプロジェクトに関するブレインストーミングをした。はじめはぼく自身がクライミングや海が好きなことをアピールする企画だったのだが、やがて中心はデナリとの関係に移っていった。ぼくらのお気に入りの場所すべてでデナリを撮影したい。デナリがぼくにとってどれほど大きな存在か、そしてこの十四年間、困難を克服するのをどれだけ助けてくれたかを表現しよう。あまりデナリに無理をさせたくはないが、どうしてもぼくたちの最後の日々を映像に残したかった。

デナリと差し向かいで腹を割って話をした。額と額を合わせ、心を打ち明けた。「おまえの時間はもうあと少ししかない。いなくなったらとてもさびしくなる。愛してるよ。おまえがいなくなっても大丈夫だと言ったけど、ぼくのために、あと一か月だけ頑張ってほしいんだ。そのあいだに、ぼくたちの関係を伝えるために必要な映像を撮る。つらいだろうけど、できることはなんだってするよ。大事なことなんだ。これが最後のお願いだ。約束する」

デナリの額にキスをして、ぼんやりとした目を見つめた。「ディー！ いままでのこと、何もかもありがとう」

わかった。きみにとって必要なことなら。できるよ。

いま映像を見直しても、そのときのデナリの力強さに驚く。スミスロック州立公園の神聖な壁面や、オレゴン州の広い海岸でチーフ・キワンダ・ロックを背景に撮影した。そのふたつの場所は、何度も訪れたぼくたちの聖地だった。デナリの映画を撮るうえでどうしても欠かせない場所だった。

一月三十一日金曜日の夜中近く、デナリに肺炎の兆候が出はじめた。週末の二日間、ぼくらはパシフィック・シティの海岸で一緒に過ごした。そこはデナリと何時間もボール遊びをして、沈む太陽を眺め、喜びや悲しみを味わった場所だった。デナリの旅立ちは月曜の朝と決めた。
最後の晩、ときどき目を覚ましながら眠るデナリの寝床の端に腰を下ろし、よく練習していたウクレレのリフを優しく弾いた。もともとは曲だけだったのだが、即興で歌詞が浮かんできた。

海に出るときは
追いかけてこないで
潮に流されるときは
隣についてるよ
太陽の彼方に行ってしまうときは
どうか恐がらないで
ぼくはここにいるから

つきあいはじめたばかりのホイットニーがそばにいて、人生でいちばん傷ついているぼくを見守っていた。涙がぼくの顔を伝って落ちた。静かにソファにすわり、彼女はデナリと添い寝をしているぼくにギターを弾いてくれた。デナリがいなくなってしまうという思いで心は重かった。自分の手で旅立たせるのはつらいが、苦しめるわけにはいかない。

手を震わせながら、家庭でペットを安楽死させる方法についてグーグルで調べた。訪問してくれる獣医と電話で話したときは、自分の声が遠く聞こえた。「ええ、明日の朝お願いします」そう言うと、涙があふれてきた。

その夜は眠れなかった。デナリを胸に抱き寄せていると、自分の呼吸が荒いのがわかった。長い夜のあいだ、ぼくはデナリをいたわり、頭を撫でつづけた。デナリはもうすぐいなくなってしまう。いまこそ、これまでデナリが何度もぼくにしてくれたことをお返しして、最もつらいときを支えよう。

第十四章　悲しみを受けいれて

デナリには独特の存在感があった。はっきりと感じられるが、言葉で表すのはなかなか難しい存在感が。

デナリには穏やかな気高さがあった。いつの間にか親友のようにぼくの暮らしに入りこんでいて、本来の性格がわかってきたのはそのあとだった。デナリには思いやりと愛嬌があり、同時に冷静で強かった。どんな感情も出来事も見逃さず観察しているが、ベタベタすることはない。わがままではなく、いつもつぎの冒険を待ち受けていた。一言で言えば、デナリは最高の男友達のようなものだった。これまでの人生でいちばんつらかった別れの挨拶は、最後の朝にデナリにしたものだった。それはいまも胸が張り裂けるほどつらい記憶だが、そのことはまた、ともに生きる人と犬が純粋に愛しあうことの証でもある。

犬は死ぬ最後の瞬間まで、人を理解し、どんな姿を見ても愛し、受けいれてくれる。そんなことはほかの誰にも、家族にだってできない。だからこそ彼らを失うことはつらく、また美しい贈り物でもあるのだ。どうやって説明したらいいのだろう。犬は人種も性別も政治的立場も信条も区別しない。人にはさまざまな心の傷や歴史があって、道徳観や意見もそれぞれちがっている。けれども犬はただ、そうしたちがいの奥にある人間の心だけを見ている。

犬に対してトラウマになるような経験をしている人や、あまり犬と触れたことがない人もいる。けれどもそうした人々を除いて、ぼくは犬が嫌いだという人の誠実さを疑ってしまう。デナリはいつも、ぼくならだまされてしまうような表面的な魅力の奥にあるものを見抜き、人の性格を正しく読みとっていた。ぼくは初対面の人をデナリがどう判断するかを観察し、それによって自分の第一印象をチェックしていた。こんなふうにして、デナリは生涯の友人たちとぼくを引きあわせてくれた。

デナリの最後の夜は、眠ることができなかった。ぼくはその一秒ごとをしっかりと嚙みしめ、静かに涙を流しながら頭を撫で、友情に対する感謝を伝えた。

「きみはいつだってそばにいてくれた。ぼくにとてもたくさんのことを教えてくれた。きみはまもなく去ってしまう。体を楽にしてくれ。つらいけれど、きっとぼくはひとりでやっていけるさ」

ありがとう。ぼくはもう疲れた。そして恐い。最後まで一緒にいてほしい。

ついに冬の夜が明けると、デナリをそっと抱えてベッドに移動させ、獣医が来るまで励ました。妹がさよならを伝え、ぼくを支えるために来てくれた。ぼくはデナリの隣に横たわって抱きしめた。獣医が筋弛緩剤の注射を準備しているあいだに、デナリは最後に一度、ぼくの顔をなめた。「向こうの世界でも楽しく過ごしておくれ。ありがとう、いつまでもきみを愛しているよ」

デナリは最後にひとつため息をついて、動かなくなった。ぼくの体の奥から、泉のように涙があふれた。

「旅立ってしまった」

ぼくは最後にデナリのお尻を抱きかかえた。すすり泣きを止めようとして、体が激しく震えた。獣医とともになきがらを抱えて階段を下り、獣医の小さなＳＵＶまで運んだ。デナリと一緒に車で暮らしていた時期のことを思いだして、思いがけず笑みが浮かんだ。立派な旅立ちだな、デナリ。心からありがとう。

階段を上がって部屋に戻るとき、これまでに経験したことのない虚《むな》しさを感じて振りかえった。抱きしめてくれた妹に、付き添ってくれたことへの感謝を伝えた。獣医がＳＵＶのハッチを閉めると、大きなカラスが一羽、ぼくの頭のすぐ上を優美な弧を描いて飛び、車から三メートルも離れていないところに降り立った。これは別れの挨拶なのだと気づいて、全身の毛が逆立った。デナリがさようならを言っている。いつの間にか、彼の命は空高く飛びたとうとしていたのだ。

数時間後、どうしてもデナリについて書きたくなった。言葉が流れるように出てきた。あふれる涙をぬぐいながら、インスタグラムに追悼の言葉を投稿し、デナリのたくさんの人間の友達に彼が旅立ったことを伝えた。

デナリ　一九九九―二〇一四

今朝、十四年半のあいだいつも離れずに一緒に冒険をしてきた親友に別れを告げた。いなくなってしまったことはつらいけれど、このすばらしい犬がぼくの人生にどれだけの愛と喜びをもたらしてくれたかを振りかえり、書いておきたい。

ありがとう、デナリ。二〇〇一年に、成功するあてなど何もなかったぼくが、カメラを持って車に乗り、車上生活を始める勇気をくれたこと。ガンの治療や手術など、数えきれないほどの困難に立ち向かっていた一年のあいだ、ずっと見守ってくれたこと。

ありがとう。絶妙のタイミングでフレームのなかに入ってきて、写真の出来をぐっと引きあげてくれたこと。きみが育っていくのを眺めている静かなときが、忍耐と喜びを教えてくれた。それに何より、ほんとうの友達だけが与えてくれる無条件の愛を与えてくれた。

これまでもこれからも、ぼくにとってきみがどんな存在かを、言葉にすることはできない。ぼくはいつだって、きみは犬じゃなくてきっと人間なんだと信じていたし、きみと触れあったたくさんの人々も、ひとり残らずそう感じていた。

いついかなるときも揺るぎなくぼくを信じてくれたことに感謝する。ありがとう、デナリ。よい旅を！


デナリを失ったあとの空虚さに、ぼくは深い衝撃を受けた。目覚めるとすぐに静かな寂しさが襲ってきて、それが一日中続いた。デナリの寝床がぎしぎしいう音や、おはようと言いにきて、爪が床に当たるときの耳慣れた音をつい待ち受けてしまう。家に帰れば、出迎えるデナリの姿が目に浮かんだ。車を運転しているときは、急停止したり減速帯で耳障りな音を立ててしまうと、後部座席のほうを向いてごめんよと言ってしまった。デナリは車が揺れるのを何より嫌がっていたから。

親友をなくし、つらいのはもちろんのことだが、ほとんど全身から力が抜けてしまうほどの痛みだった。ひどい悲しさがいつもついてまわった。仕事にも身が入らず、集中できなかった。

デナリが死んだ日の午後、アイザック・ブロックがその話を聞きつけて電話をくれた。はじめはわけのわからないジョークをしゃべっていたが、それから彼は急に核心に触れた。「なあ、どうしてる？」

「ああ、大丈夫。電話をくれてありがとう。感謝してるよ」

「いや、大丈夫じゃないだろう。スタジオに来いよ。一緒に過ごそう」

その午後はモデスト・マウスのスタジオで過ごした。家に閉じこもり、考えこんでいたぼくを外に出してくれたのは、アイザックの小さな、だが深い思いやりのある誘いだった。そのおかげで、人生でもかなりつらい日々をどうにかやり過ごすことができた。

友人たちにこの喪失について伝え、気持ちを切り替えたあとになっても、ときどきどうしようもなく涙があふれてきた。

人間の友人や家族を失ったときには、ほかの友人たちはもとの生活に戻るのに長くつらい時間がかかることを理解してくれる。けれどもペットを失ったときは、新たな日常に慣れるまでの時間や空っぽな現実のことを理解し、共感してくれる人は少ない。みなすぐに忘れて、「そんなこともあったけど、もう終わったことだ」という気持ちになる。それはガンが寛解したあとに起こったことと、なぜかよく似ていた。そこには、人生はもうもとどおりにならないと気づいたときの寂しさがある。

デナリを失ってひと月後、ぼくはまだなぜ悲しみがこれほど強く、消えないのかを理解できずにいた。鍼師の治療を受けているとき、わけもなく涙が出てしまうという話をした。「きみたちの絆はとても純粋で、何も言わずに、デナリはきみのそばに、きみはデナリのそばにいた。それは真の愛だ。人間同士の関係には悩みや怒りがつきもので、それをたがいに乗りこえなきゃならない。でも犬はそうしたものが一切ない。人は犬を愛し、犬は人を愛する。条件をつけることも、何かをしょいこむこともなく、ただどんなときも純粋に支えてくれる。真の愛というのはそういうものだよ」

犬のソウルメイトを失ったとき、人はただたくさんのことを一緒に経験してきた相棒、友人を失うだけでなく、人生のひとつの時期や、そこに生きていた自分を失うことになる。そのとき人は、成長し、ちがう自分に変わらなければならなくなる。それが友情との最後のお別れになる。


ジョシュア・ツリー国立公園の超然とした花崗岩のドームで登山用具メーカーのカタログ撮影を終えたあと、スタッフから離れてしばらくひとりになった。ふたつの巨大なドームのあいだから峡谷に入り、人に見られない場所で用を足し、ストーマ袋を交換した。何度か深呼吸をして、静けさを味わい、砂漠に響く微かな音に浸った。深く息を吸いこむと、視界の隅で何かが動いているのが見えた。二メートルと離れていない丸太に大きなカラスがとまってこちらを見ている。思わず息を止めると、この高貴な鳥はもっと近づいてきて、ぼくをじっと見つめた。目が合うと、鳥は頭を少し傾けた。ぼくはゆっくりと息を吐いた。背筋を冷たいものが這いあがる。ぼくは懐かしい存在に心を癒やされていた。

デナリが、これからもずっとぼくのそばを離れないと伝えにきたのだ。

第十五章　ノリとの新たな暮らし

デナリを失った痛烈な悲しみはずっと消えなかったけれど、つきあいはじめたばかりの恋人のホイットニーや、彼女が飼っているシェパードとハウンドのミックスで、七歳のメス犬セイディが気持ちをやわらげてくれた。ぼくたちの交際は、ホイットニーがコロラド州からオレゴン州に引っ越してきて間もないころ、クライミングやサーフィンのことを話したのがきっかけで始まった。ぼくがデナリの映画を撮影しているとき、ホイットニーが海岸にやってきたのだ。セイディは自己紹介代わりに砂浜に穴を掘った。

はじめてのデートはデナリの最後の週末で、ふたりと二匹でキワンダ岬のそばでキャンプをし、サーフィンをした。デナリは最後に、ぼくがもっと自分のためになる関係を始めたことを見届けた。

その旅行の初日、デナリは昔と変わらずゆっくりとビーチを歩きまわり、ぼくたちがサーフィンをしているあいだにいろいろな人と触れあい、食べ物をおねだりした。つぎの日、キャンプで目を覚ますと、デナリは生まれてはじめて食べ物を拒絶したうえ、ツナ缶やあぶったチキンを無視した。ぼくは、ついにそのときが来たのを知った。そしてその夜家に帰ると、デナリの表情から、旅立ちの準備はできたとはっきりとわかった。

その二年後、ぼくはホイットニーとオレゴン・コーストに引っ越し、海まで歩いていってサーフィンができる場所に暮らすという夢を叶えた。チーフ・キワンダ・ロックのそばで、パシフィック・シティで波乗りをしたり、夕暮れの砂浜を歩くこともできる。引っ越しの荷造りをしながら、ぼくはセイディに、ビーチで好きなだけ遊べるし、魚を満足するまで捕まえられると言って安心させた。

トラックから荷物を降ろすと、セイディを連れて少し海岸を散歩した。ところが、どこか元気がなく、かなり頻繁におしっこをした。その晩、川沿いの新しい家で眠るときには、ボウルで水を何杯も飲んだ。心配になってレントゲン検査をしてもらったところ、獣医はポートランドの救急センターで超音波検査をすることを勧めた。

移動中、会話は少なかった。ホンダ・エレメントの後部座席のベッドで寝ているセイディを見ていると、嫌な予感がした。セイディは威厳を失わないようにして、これまで一緒に生きてきたホイットニーに最後まで強さを示し、支えようとしているようだ。ぼくの腕をしばらくなめ、それから何かを受けいれるようにため息をつき、立ちあがってその場でぐるぐるまわりはじめた。ようやく腰を下ろしたときは、どこか痛そうだった。腹部が膨らんでいたが、ホイットニーのために、できるだけなんでもないと思うようにした。

検査室に入ったセイディと獣医を待つあいだ、時間の進みは遅かった。出てきたとき、獣医の表情は暗かった。ホイットニーとぼくに超音波検査室についてくるように合図した。なかに入ると、セイディは冷たい検査台の上で横向きで寝ていて、腹の毛が剃られていた。

獣医も検査技師も険しい表情で、気づかうようにぼくたちを見上げながらモニターの画像について説明した。「これが肝臓と脾臓で、どちらも大部分がガンに冒されています。残念ですが、もし家に連れて帰ったら、セイディは出血をしてつらい最期を迎えることになるかもしれません」

セイディはほんの数時間前まで、デナリが最後の日々を過ごしたのと同じ潮だまりや砂浜を歩きまわっていた。それなのにもう家に帰ることはできないなんて。ぼくはこの突然の残酷な知らせに、つらい判断をしなければならないホイットニーを慰めた。

ホイットニーの腕のなかで、セイディがタイルの床に置かれた毛布にくるまれて息を引き取ったとき、ぼくはホイットニーを抱きしめてまた涙に暮れた。これほど短期間に愛する犬をまたしても失ってしまった。ぼくはべつの犬を飼うことはできないと思っていた。

それでも、ホイットニーは夏のあいだコロラド州で働いていたので、犬がいない家は空っぽに感じられた。孤独のさびしさから、犬の友情が自分にとってどれほど必要なものか思い知らされた。デナリのように心のつながりを持てる犬が見つかるのだろうかと思いながら、気づけばネット上で里親を探している犬たちを見ていた。ポートランドの大規模なアニマルシェルターにも行ったが、わけがわからなくなるばかりだった。真の仲間を探すというより、コンテストのようだ。可能性を感じる子犬がいても、ほんの数分しか触れあうことはできず、すぐにつぎの候補の時間になる。人気のある犬種はたいてい三人か四人くらいキャンセル待ちがいる。ぼくのところに来るべき子犬なら、向こうからぼくを見つけるはずだと思って気長に構えることにした。

七月四日の独立記念日のあとの月曜に、ホイットニーが家に泊まりに来ることになっていた。デンバーを発つ早朝の便に乗るまえに、彼女は一行だけのテキストメッセージを送ってきた。

このかわいい子をチェックして(^_^)

あまり期待せず、ため息をつきながらリンク先をクリックした。最初の画像をダウンロードしたとき、心臓が破裂するかと思った。ノリというそのメスの子犬は、毛の模様が不思議なくらいデナリと似ていたからだ。だが、いちばんどきっとしたのはその目だった。眼差しは柔らかいが、心は大人びていることが感じられる。まだつぎの犬を飼う準備はできていないのに、なぜかこの犬こそ、デナリを失ってからずっと感じている空しさを埋めてくれるにちがいないと確信していた。

ためらっていたら機会を逃してしまうので、トイレにすわって日課の洗腸をしながら、さっそくその子犬を預かっている〈マイウェイホーム・ドッグレスキュー〉という施設に長いメールを送った。デナリとの関係や、ノリとも同じように冒険するつもりでいること。施設から車で二時間ほどのところに住んでいて、ガールフレンドを空港で出迎えたら、すぐにノリに会いにいきたいと書いた。

空港への二時間のドライブに出発して二十五分後、iPhoneの着信音が鳴って考えごとがとぎれた。ノリを預かっているシェリルからだった。彼女は興奮した声で、公開されたデナリの映画を観て、それがガンの闘病や回復期を乗りこえる力になったと話した。

空港でホイットニーを拾い、〈マイウェイホーム〉に直行した。挨拶すると、シェリルは家のなかにいるノリにおいでと呼びかけた。毛むくじゃらな子犬が扉の向こうから現れ、まっすぐホイットニーとぼくのところに来て、足元で興奮してはしゃぎまわった。

ノリは生後二か月ごろ、カリフォルニアのセントラル・バレーで母やきょうだいと一緒に見つかったそうだ。ひどい恥ずかしがりで、人におびえ、保護されてからもたいてい家具の後ろに隠れていたという。

だがそのときにはもう人なつこく成長していた。どんな性格なのか知りたくて芝のあるところに行くと、後ろから突進してきて、茂みのなかでぼくを追いかけまわした。ぼくが急に寝ころがると、ノリは立ち止まって、ぼくの頭の上に小さな体を乗せて、もっと遊んでとせがんだ。この瞬間、ぼくたちのあいだに絆が生まれた。

わが家に来た最初の日、ノリを海岸に連れていった。デナリと最後の日々を過ごした場所だ。時は流れ、人生の季節はめぐっていく。

それからは、デナリ以外の犬をぼくの心に入れることに対するためらいが日ごとに解けていった。どんな犬もデナリとはちがう、とあきらめかけていたのだが、ノリがちょっとした変なしぐさをするたびに、犬がもたらしてくれる人生の喜びがよみがえった。

生後三か月のノリはずっと目が離せず、子犬を引き取ったときの忙しく眠れない日々が久しぶりにやってきた。ノリを迎えいれたことはどんな不便にも代えられない価値があった。ぼくは海のそばでの暮らしがとても気に入っていた。どこへ出かけるのも、海岸を歩くのも、ノリが横ではしゃいでいるともっと豊かな時間になった。ちょうどそのころ、ぼくはこの本を書きはじめていた。ノリはいつも海岸に誘いだすことで、毎日キーボードを見つめては自分が信じられず不安でいっぱいだったぼくを救ってくれた。

一緒に暮らしはじめて数か月がたつと、デナリと同じ、ぼくの大好きな性質がノリにもあることがわかってきた。思慮深い瞳や毛色、額のしるしやアイラインだけでなく、ちょっとした癖もよく似ていた。デナリは独立心があったけれど、いつも一緒にいたがり、愛情表現は激しかった。ノリも同じで、とても注意深く観察していて、自信に満ちていた。バランスがとれていて、それにメスらしい優しさもあった。

犬と人との穏やかな絆は時間の経過とともに築かれていくものだが、ぼくとノリの場合、それほど時間はかからなかった。四十代に入って落ち着き、人にどう思われるかを気にしなくなったことも関係しているかもしれないが、それにしてもノリとはすぐに波長が合った。

ソーシャルメディアで新しい相棒ができたと告知し、子犬の名前を変えるべきだろうかと尋ねてみた。オーストラリア人のサーファーで、デナリと一緒によく遊んでいたベリンダ・バッグスは、〝ナミノリ〟というのは、日本語で〝波に乗る〟とか〝サーフィン〟を意味する言葉だと教えてくれ、名前を変えないほうがいいと言った。ノリという名前についてさらに調べてみると、食べられる海藻（海苔《のり》）や、さらに深い意味もあることがわかった。

バチェラー山でジェリー・ロペスがスノーサーフのイベントをしたとき、日本のスノーボーディングの聖地、北海道に拠点を置くゲンテンスティックのライダーと一緒になった。彼らはノリの名前を知って盛りあがった。

「〝雪乗り〟だ！」とひとりが声をあげた。

「〝横乗り〟でもいける。スノボとかサーフィン、スケボーのことだよ」

ぼくはかつてデナリのことをときどき〝ナリ〟と呼んでいた。それもあって、ノリがますますデナリに近いように思える。いまでも間違ってデナリと呼んでしまうことがあるが、ノリは怒ることもない。

ノリは、気づかないうちにぼくがなくしていたものを思いださせてくれた。穏やかな気持ちを取りもどし、自分の気持ちに区切りをつけるためにも、犬と暮らすことは必要だった。これでようやく完全な生活が戻ってきた。ぼくが自分のまわりを囲っていた壁は崩れた。デナリがいなくなって、忘れてしまっていた愛しかたを、ノリがまた教えてくれた。

デナリは、ぼくが電話回線でインターネットをしていたころや、固定電話、折りたたみ式の携帯電話、あるいはポジフィルムのスキャナーを使っていたころを知っている。デジタルカメラの登場で作業場にこもって写真の編集をするようになると、それに慣れていった。けれども、スマートフォンが登場したときは、ぼくが小さな画面を一日に何時間ものぞきこんでいるのが気に入らないようだった。初期のブラックベリーの端末が発売されると、フリーランサーの生活は変わった。岩山でクライミングをしていても、スキーのリフトに乗っていても、トレイルを歩いていてもメールを返せる。ノートパソコンをいつも持ち歩くことも、移動中に喫茶店や図書館を探すこともなくなった。

キャンピングカーで暮らしていたころは、まだＷｉ－Ｆｉが普及していなかった。当時はネットワークが自由に使えて、パスワードを要求されることもなかったので、よく車を住宅地に停めて、いちばん強い信号を使わせてもらっていた。デナリは晩年、何時間も電話をのぞきこんでいると、あきらめたような、がっかりした表情でぼくを見ていた。多くの時間をアウトドアで過ごしてきた、ぼくの冒険仲間はどこに行ってしまったんだ、と問いかけられているようだった。

ノリを迎えいれたころには、iＰｈｏｎｅは高性能のアプリが入った、情報処理機器の中心の座を奪っていた。多くの人はそれを手放せなくなった。ナイトシフトの機能によって夜間に浴びるブルーライトは軽減されたが、そのまえは昼と同じような光にずっとさらされていた。ノリはぼくがiＰｈｏｎｅをいじっていることにデナリ以上に我慢できず、それをいつも遠慮なく主張する。ベッドにいるぼくの上に乗り、手から電話を奪って、頭をぼくの胸の上に置いて耳を撫でるように要求する。それに満足すると、今度はベッドから飛びおり、ドアまで何度も駆けていって、ビーチに行こうとせっつく。

心から愛する犬、犬のソウルメイトは一匹だけだと言う人は多い。ぼくもそのひとりだったが、ノリを飼ったことで少し意見が変わり、新しい愛が始まることもあるのだと知った。人間同士についても同じことが言える。ある人はぼくたちの人生に現れ、心を開いて愛することを教えてくれる。またある人は、つらいときに優しく包み、成長を促してくれる。それに、犬が生涯の友人と引きあわせてくれることもある。

たとえ一時間であれ一か月であれ、相手が犬でも人でも、ぼくたちが心を開くのは、そのときにちょうど必要としている存在だからだ。デナリは挑戦的で、独立心があり、優しく包みこむような犬で、ぼくがあきれるほど長い時間をかけて人として成長するあいだ、ずっとそばにいてくれた。ノリはデナリと同じく大人びていて、冒険が大好きだが、もっと優しく、ぼくの気まぐれにつきあってくれる。ノリはまさに、人として少しは成長したいまのぼくが必要としている存在だ。良きにつけ悪しきにつけ、犬はぼくたちの鏡なのだ。

ガンと診断されてから十五年がたった。ガンは完全に消えていて、同じ腫瘍が再発する可能性はきわめて低いそうだ。ぼくは自分が生き残り、いまも生きているありがたさを毎日思い返している。そのことが、すべての瞬間をしっかりと生きようと思いださせてくれる。誰かがこの恐ろしい病気、とくに直腸ガンとの闘いに敗れたという知らせを聞くたびに、その思いは強まる。いまぼくが生きているのは当たり前のことなどではないのだ。この感覚は、多くのガン・サバイバーにわかってもらえるだろう。少しでも健康に不安を感じると、つい過剰反応してしまう。最近、背中に疑わしいほくろがあると診断されたときには、すぐに悪性黒色腫という最悪の事態を想像した。結局、良性のものだったのだが、検査や診察に行くたびに、またガンにかかったのではないかと不安になる。

大切なのは、心の持ちようだと思う。ガンは生死をかけた闘いで、自分で制御できないことがたくさん起こる。それでも、どんな態度で臨むかは選ぶことができる。状況のつらさに打ちのめされるのも、生きるためにできることに集中するのも、自分しだいだ。ひどい吐き気や痛みがあっても、笑みを浮かべるくらいのことはできる。

また、気分が沈み、やる気が出ないときに、普段どおりに接し、外へ連れ出してくれる人がいることも大きい。化学療法で吐き気がひどかったときは、気力があるときにはスミスロックへ行き、クライミングをするでもなく、ただそこにいた。日射しがよく、空気の新鮮な場所で友人たちに囲まれているだけでかなり元気になれた。

ぼくのガンはストレスが原因でできたものだとぼくは思っている。つらさや裏切り、失敗といった感覚が体のなかに取りこまれ、細胞レベルの変化が引き起こされたのだ。ぼくはいま、悪い影響を及ぼす人との関係を意識して遠ざけている。それはより心地よい生活を送るためだけでなく、健康に、きちんと長く生きていくためにも必要なことだ。

セルフケアはとても大切で、自分を高めて生きていくためにも欠かせない。ポジティブなものを大事にし、ネガティブなものを手放すことを勧めたい。人生はそれにかかっている。最近、環境保護活動家でグリズリーベアに詳しいダグ・ピーコックから、「友情で武装する」という言葉を教わった。

五年近くのあいだ、ホイットニーとぼくはクライミングやサーフィン、映画作りの情熱を共有していたが、別れの日を迎えてしまった。そのときの痛みを通じて、どんな失敗もつぎの挑戦のためのもの、心を開いて傷つき、愛し、チャンスをつかみ、リスクをとるためのものだと思うようになった。それに、最もつらい経験をしたときにこそ、人は最も大きく成長することができる。

メラニーと最初に行って以来、スミスロック州立公園には二十年間通いつづけている。メラニーと別れたあとも、そこで過ごす時間は楽しかった。スミスロックへの愛着は変わらないし、ぼくにとって特別な場所だ。いまよく通っているビーチや海も同じだ。失恋や新たな始まり、絶え間ない変化。海はすべてを見つめている。波はすべてを洗い流す。

自分の物語を、何度も何度も書き換えよう。成長や人生の本質はきっとそこにある。

火に顔を近づけたことのない人は、すべての感情の振幅を経験しているとは言えない。魂を打ち砕くようなメラニーとの別れ、芸術家としてキャリアを切り拓き、続けるための苦闘、ガンとの闘い、そのどれもがぼくに大事なことを教えてくれ、〝気楽〟に生きていては決してできなかっただろう成長をもたらしてくれた。

デナリという友達が隣にいれば、苦しみに耐え、それぞれの瞬間を楽しむことができた。ノリも同じだ。犬は抱きしめてくれる……ぼくはよくデナリと額をくっつけて愛情を伝えあっていたし、ノリとも同じようにしている。デナリ以上にハグが大好きで、呼ばれるとすぐにぼくの首に腕をかけて体を寄せる。そのたびに喜びで声をあげたくなる。犬との絆を感じる静かな瞬間は、どんな人間にも与えることができないすばらしさがある。

だから、友人たちを抱きしめ、心の声を聞き、傷つきやすさをさらけだそう。そこにこそ最高の、最も真実の経験が現れるのだから。

ぼくはまたひとりになった。この二年は、父と数年前に作ったキャンピングカーで暮らしている。車のなかでこの本を書き、そのあいだに貯めたお金でビーチに家を建てている。友人たちとシェアするため、そして多くの人に泊まってもらうことで、これまでに自分の家に住まわせてくれた人々から受けた親切を、今度は差しだすためのものだ。

夜眠る準備をするときは、昼のあいだに張りついたビーチの砂を払い落とし、快適なマットレスに寝ころがる。ノリは軽やかに飛びあがってきて、ぼくと左の枕の上に細身の体を横たえ、あごをぼくの胸に乗せて、ため息をついてから目を閉じる。

重たいノリの頭の下でぼくも息を吐き、さねはぎ継ぎのヒマラヤスギの天井につけた薄暗い明かりを見つめる。ああ、四十代の独身男が、犬と車で暮らしてる。デナリと旅を始めたころのことを思いだしながら考える。だけど、それも悪くない。

ノリを見つめる。その目は満足そうに閉じられている。「どう思う？」ぼくはノリに尋ねる。彼女は片目を開き、しばらくこちらを見つめ、長く息を吸ってまた満足げに息を吐く。

「ありがとう、ノリ」もう一度ハグしながらささやく。

もうぼくたちだけだ、ノリ。ぼくとおまえだけだ。

終章　デナリは生きつづける

ぼくはスミスロック州立公園にあるチェーン・リアクションの険しいルートを登っていた。もう百回以上登り、繰りかえしてきた動作だ。ジーンズのポケットのなかには、旅立ったばかりの相棒、デナリの遺灰を入れた小さな袋が入っている。頂まで登り、ピンと張ったロープに体を預けていると、夕方の暖かい日射しが、西に城のようにそびえるふたつの火山のあいだを照らしている。遺灰を取りだし、それがチョークまみれの指のあいだを離れていくのを見た。炭化した少量の肉と骨が虹色に輝きながらゆっくりと地上へ、高地砂漠の風に吹かれてときどき舞いあがりながら落ちていく。見下ろすと、ひとりのクライマーがぼくを見ていた。どこか見覚えがある人物だ。たしか、ポートランドあたりのクライミング・ジムかコンサートで会ったことがあるはずだ。

一週間後、南西に海が広がる八百メートルのビーチで、サーファーには〝ショート・サンズ〟という名で知られるスマグラーズ・コーブを訪れた。サーフィンやビーチが好きなポートランドの地元住民に人気の場所で、サーフィンにぴったりの晴れた週末には混雑する。ぼくはサーフボードに乗ってパドルで漕ぎ、静かに混雑したピークの沖へ出て、ウェットスーツのそでから小さな防水袋を取りだした。その中身を太平洋の澄んだ水のなかに注ぐと、デナリの遺灰は海流のなかで渦を巻き、輝きながら沈んでいった。右を向くと、スミスロックで同じことをしたときに見たのと同じ顔が、こちらを問いかけるように見つめていた。

ぼくのとても個人的な瞬間を、たがいに五時間も離れたふたつの場所で同じ人物が目撃していたということになる。この偶然を無視するわけにはいかなかった。自己紹介をすると、彼はマットと名乗り、すぐにクライミングやサーフィンの仲間になった。マットは楽しい友人であるだけでなく建築家としても優秀で、のちにデナリが最後の日々を過ごした場所の近くに建てている家を設計するのに協力してもらった。デナリの体はもう旅立ったのに、またしても新しい友人を作るのを助けてくれたのだ。

デナリの遺灰を撒いたすぐあと、テキサス州オースティンで行われる〈サウスバイ・サウスウェスト〉というイベントに、ジェフ・ジョンソンとジェームズ・ジョイナーの本が発売されるため招待された。その移動中に、才能あふれる映像作家でよい友人のベン・ナイトからメールが来た。デナリとの関係を描いたショートフィルムの編集をしてもらっていたが、彼はどんなコンセプトでまとめるべきかに苦しみ、しばらく連絡がなかった。

このショートフィルムの製作はなかなかうまくいかず、ベンに依頼したのは一年も悩んだあとだった。何度か編集しては放りだしていたが、これを完成させないとつぎのステージに進むことはできないと思っていた。一緒に危機を乗りこえ、成長してきたぼくとデナリの絆は、とても大切なものだった。ぼくはデナリが死んでから一年ものあいだずっと、気がつくと涙を流していた。その悲しみのさなかに、デナリの物語を公開することで、つらいときに友情によって支えられたことのある人々の心に触れられるのではないかと思いついた。ただ、その映画がぼくのデナリへの愛の延長だと思えるものにならなければ、発表するつもりはなかった。

ぼくはよく冗談で、ベンのような猫好きにぼくとデナリの物語を託すなんて無理があると言っていた。だが心の奥深くでは、彼こそこの物語の編集にぴったりだと確信していた。ベンにはスケーターらしい反逆心があるが、映画作りに関しては繊細で、遊び心たっぷりだ。きっと雰囲気を引き締め、安っぽくならないようにしてくれる。だがもう何週間も連絡がなく、この仕事から降りてしまうのではないかと不安になっていたところだった。

ベンのメールにはこう書いてあった。「メールを確認して、静かな場所でヘッドフォンをつけて観てほしい」

すばらしい創造性を持つ人々によく見られるように、ベンはひとりで仕事をすることを好む。これまで人と協力して映像作品を作ったときはたいてい編集にも参加していたが、今回は任せきりだった。送られてきた動画のリンクをクリックするとき、何が出てくるかまったく想像がつかなかった。彼には必要なだけぼくの物語の深い、プライベートな部分まで自由に使ってほしいと伝えていた。できるかぎり美しい映像にしてくれると信頼していたけれど、失望はさけられないだろうとも思っていた。ぼくがいちばんの親友と十四年半にわたって育んできた愛と友情をショートフィルムで表現するなんて、できるわけがないと。

　レンタカーの後部座席で、ヘッドフォンをつけて映像を観た。一分ほどで、iPhoneの画面は涙であふれ、ほとんど見えなくなってしまった。終わりごろにはむせぶように泣いていて、だが同時に大きな安心感に包まれていた。ジェフとジェームズは、ぼくのひどいありさまを見て尋ねた。「どうしたんだ？」

「すごい。この映像は信じられないよ」十分後、ホテルに入るとぼくは彼らにそれを見せた。ぼくはそのあいだじっと息を潜めていた。クレジットが流れはじめたときふと見ると、驚いたことに男ふたりが人目も気にせず涙を流している。

　その日の午後、ぼくはべつの映像作家、アレクサンドラ・ボンバッハと混みあったカフェの戸外の席にすわっていた。彼女はそのとき、タリバン政権時代のアフガニスタンのドキュメンタリー映画『フレーム・バイ・フレーム』の公開のためにオースティンに来ていた。晩年のデナリをよく知っていたので、スマートフォンとヘッドフォンを渡し、ベンの編集について率直な意見を訊いた。映像が流れているあいだ、ぼくは不安な思いですわっていた。ところが数分すると、アレクサンドラは大きな声をあげて泣きはじめた。近くを歩いていた人が立ち止まって様子を見たほどだ。

　このショートフィルムには、デナリの物語が信じられないほど鮮やかに再現されていた。人に見せると、誰もが涙を流した。ぼく自身も、はじめの二、三十回は制御できないほど泣いてしまった。それはぼくの生活の人には見せない部分をさらす経験でもあった。はじめて作品が一般公開されたのは、アウトドア・レクリエーションが盛んなコロラド州カーボンデールで毎年開かれる5ポイント映画祭だった。ただひとつのスクリーンで親密な雰囲気で行われ、八百人の参加者がひとつのホールで同じ映画を観るため、大規模な映画祭に比べてずっと一体感がある。

動画を撮りはじめて数年後に、5ポイント映画祭にカメラマンとして参加したことがあったのだが、そのときはどうにもなじめなかった。アウトドア業界の知りあいは多かったが、出席していた映画製作者は知らない人ばかりだった。さほど大がかりでない作品を観て、なかには感銘を受けたものもあったが、自分に同じことができるとは思わなかった。そんな気持ちが変わったのは、ランチの席でスキップ・アームストロングという人物の隣にすわったときだった。彼は「Of Souls + Water」という冒険を題材にしたショートフィルムのシリーズを二本発表したばかりだった。その作品はサーフィンやクライミングのハイライトシーンばかりを集めた映画よりも深いものに感じられた。気さくなスキップとの会話がきっかけで、エマンシペーターの「マイナー・コーズ」という曲の実験的なミュージックビデオで映像監督の仕事をすることになった。その撮影のために、八つの回転翼がついているマルチローターのドローンを飛ばした。それはわずか九十秒飛行するごとにいったん着陸し、すべてのバッテリーを交換しなくてはならなかった。

その二年後、スキップはショートフィルム『デナリ』の撮影に参加してくれた。それによって、ぼくの人生は完全に変わった。ぼくたちは親しくなり、それから頻繁に一緒に仕事をするようになった。公開のときは、ベン・ナイトとスキップがぼくの両側にすわり、丸裸にされたような心細さを感じているぼくの肩を抱いていてくれた。

自分の物語を人にさらすのは恐ろしかった。それでも、あの映画にはぼくとデナリの友情にとどまらない普遍的なテーマがあると思っていた。制作を始めたきっかけは自分の気持ちに区切りをつけるためだったが、できれば多くの人に伝わるものにしたかった。映画が始まるとき、こう思った。この物語を公開することでたったひとりでも救われるなら、やる甲斐はある。

クレジットが流れたあと、ベン、スキップ、ぼくの三人はスクリーンのわきへ行って会見をした。ぼくはあわてて涙をぬぐい、ステージに上がるまえに落ち着こうとした。薄暗いスクリーンの光で、数百人の赤い目をした観客も同じことをしているのがわかった。

上映後、車いすの女性がぼくに温かいハグをしてくれた。あとで、その人は元プロスキーヤーだと知った。「ありがとう。ありがとう。ありがとう。わたしにどうしても必要な映画だったわ。いままで二匹のハスキーを飼ったことがあるの。いちばんの親友だった彼らを失ったのは、自分の体が動かなくなったことよりつらいことだった」

この映画の奥行やトーンについて一年半かけて模索してきたのは価値のあることだったと思

えた。つぎの日には映画祭の各賞が発表された。『デナリ』は称賛を集め、観客賞と審査員賞を獲得した。ぼくにとってこの映画はあまりに個人的で、それまでは自分の物語としか見られなかったが、上映のあとは、映画という観点からも独特なものを作ったのだということに気づいた。

生き残るというのは奇妙なものだ。悪性腫瘍に消化器官の端っこをめちゃくちゃにされたとき、ぼくは突然将来を奪われ、ともかく生き延びることに意識を集中しなければならなくなった。そうして自分が死ぬという可能性を見つめているうちに、自分自身のなかに、いつも張りついている恐怖やひどい吐き気にも負けない、手つかずの勇気の泉があることを知った。来る日も来る日も、ぼくは腫瘍を攻撃するために投げつけられた火炎瓶のような化学療法や放射線治療の副作用に耐えて起きあがらなければならなかった。家族や友人たちはさまざまな方法で助けてくれたが、どれほど力になる言葉をかけてもらったとしても、病気との闘いは自分ひとりでしなければならなかった。

そんなつらい日々に、デナリはいつもぼくを見つめてくれていた。人と最低限のコミュニケーションをする元気さえないときでも、ぼくの隣で丸まって、何も言わずにただ支えてくれた。看護師に病室に入れてもらい、切開の傷口やヘッドボードから伸びている点滴の管に触れないように、ぼくのベッドにそっと這いあがった。ぼくがいちばんつらく、吐き気がして人の助けすら借りられないほど弱っていたとき、デナリの助けはぼくの心の奥まで染みた。その支えが闘いつづける力になった。何かが起きて足元がぐらついたとき、デナリはいつでもぼくを支えてくれた。その恩を返す機会が与えられたのは、何年かたち、いくつもの冒険をして、今度はデナリがガンになったときだった。

この映画が、デナリの友情と、それがぼくにもたらしてくれたものの大きさへの賛辞となり、ぼくたちの絆や、それぞれのガンとの闘いの本質をとらえたものになればいいと願っていた。デナリの視点で語られるので、ペットを愛したことや、愛する相手を失った経験を持つ人なら誰でも心を揺さぶられるだろう。

映画祭での上映から六週間後に、映画をオンラインで公開した。反響はまさに圧倒的で、予想を大きく上回った。初日に友人たちがソーシャルメディアでシェアし、再生回数は五千回になった。多いとは言えなかったが、ぼくは世界に向けて公開できたことを喜んでいた。その晩は裏庭で寝た。つぎの朝、夏の太陽の暑さで起こされたとき、ふと電話を見ると、メッセージの受信で爆発しそうになっていた。アメリカ全土とロンドンの出版社やテレビ番組の「トゥデイ」、バズフィード、地元ニュース番組からのボイスメールが届いていた。その日の晩再生回数を確認すると、すでに百万回に達していた。最初の一週間で、オンラインで八百万回視聴され、インタビューを受けっぱなしで声が出なくなってしまった。

数千通の温かいメールやフェイスブックのメッセージを受けとった。オプラ・ウィンフリーは「スーパーソウル・サンデー」という番組で映画を特集した。それから世界各地の映画祭で上映され、多くの賞を獲得し、たくさんの人々を感動させた。この八分間のショートフィルムは、これまでにオンラインで千五百万回以上視聴され、長編映画を制作してはどうかという打診をハリウッドの大手スタジオや著名な監督、プロデューサーから受けている。

こうした反響は、まるで想像もつかないものだった。それも、ぼくとデナリの友情が本物だったからこそだ。デナリはぼくとたくさんのことに立ち向かってきたが、一度もひるむことはなかった。

ショートフィルムはぼくたちの物語のほんのひとコマをとらえたスナップ写真にすぎない。だがそこには、ぼくの感謝の気持ちがこもっている。何週間もかけて古い写真を漁り、ネガやポジフィルムをスキャンしてぼくたちの友情を伝える写真を探したのを思いだす。デナリがぼくの病室のベッドで寝ている写真は長いこと見つからなくなっていたのだが、母が見つけだしたとき、それこそが物語の鍵となる写真だと思った。

最近、ショートフィルムの制作に苦しんでいたころにベン・ナイトと交わしたメールが出てきた。

ベン：うまくいかない言い訳ばかりで申し訳ない。ただちょっと自分の考えの過程を説明しておくべきだと思って。

ぼく：この作品のためにも、それが聞きたいところなんだよ。ぼくとデナリの関係の深さや、この物語が秘めている可能性とテーマの普遍性を多くの人にわかってもらいたいんだ。きみとこの作品を一緒に作ることは、ぼくにとってすごく重要なことなんだ。きみを友達としてこれ以上ないくらい尊敬し、信頼しているよ。

ベン：きみに愛想を尽かされなくてよかったよ。

ぼく：一年前から、この映画にはきみしかいないとずっと思ってたんだ。うまくいってよかった。きみの直感と感受性、才能、それに巧みなストーリーテリング。それらがめったにないほどうまく働いて、きみの人となりとも混ざりあい、すばらしい感動的な作品が生まれた。しかもたくさんの人々の心に響き、ぼくとデナリの関係という枠を超えて、困難を耐えたり、何かを失ったり、友情の持つ力と愛を感じた人々の心に触れたんだ。きみは最高の作品を作った。これは個人的な作品なのに、きみが作ったものは、ぼくとデナリよりもっと大きなものになった。映画からぼくの不安は消え、誰とでも共有できるものになったんだ。ありがとう。

ぼくはベンとスキップの友情を支えに、そしてこの物語の可能性を見いだしてくれたことに、また才能ある彼らが丁寧に、心をこめて作品として形にしてくれたことに感謝している。この映画は協力の賜物で、できあがった作品にはぼくたちの友情が輝いているようだ。ぼくにとって公開はとても難しいことだったが、思いやりを持って協力してくれる友人たちを信頼し、物語を委ねることができた。

たくさんの人にこの物語が届くことを願っていたが、反響は予想をはるかに上回っていた。公開から一年のうちに、映画を観た人からたくさんのメールやメッセージを受けとった。それを読んでいて、この映画がひとりの男と犬の物語に収まらないものだということに気づいた。友情と喪失という本来のテーマにとどまらず、ガンなどの病気といった、生きていくうえで誰もが突きあたる問題を克服する物語が生まれていた。何も言わずにそばにいてくれる犬の友情は観る人を選ばない。デナリの姿は多くの人の心に触れ、涙を誘った。そうした反応が得られたことで、映画を仕上げたときの苦労は報われた。デナリはいま、多くの人の心のなかで生きつづけている。

ぼくは内向的で、こうした個人的な物語を大勢の人と共有するのは簡単なことではなかった。たくさんの人々に自分のことを知られ、自分の物語に共感を示されることを重荷と感じることもあった。また、すべてのメッセージに返信をすることはとてもできなかった。この映画は、ぼくとデナリが一緒に経験したことのうち、ごくわずかな部分だ。それが数多くの人の心に深く染みいり、傷つきやすさをさらすことが持つ大きな力について教えてくれた。そのことが、ぼくたちの友情やともに克服した困難をテーマにしたこの本を書くように背中を押してくれた。

五十歳未満の人にはあまり大腸内視鏡検査をしないという習慣があるのはおかしなことだ。テイト・マクドーウェルとは〈パタゴニア〉の共通の知人を通じて、人工肛門をつけて生活するためのアドバイスをしたことで友人になったのだが、彼はまだ三十代前半だ。ストーマ袋の扱いかたを教えたので、ぼくのことを〝ストーメンター〟と呼んでいる。ぼくと同じ進んだステージ2で、ただ場所が直腸の上のほうだったので、あとでストーマ袋をはずすことができた。だがそのあとすぐにガンが再発して、いまはステージ4となり、転移もしている。テイトは〝無駄な時間はない〟という言葉をモットーに闘病している。そしてそれと同じタイトルで、水彩画の連作を描いている。ぼくは日々、それに刺激を受けている。

去年、ぼくの話を伝え、直腸ガンの治療についてアドバイスをしたふたりのすばらしい若い女性がこの病気のために亡くなった。アマンダは三十四歳、ヘザーは三十歳になったばかりだった。

ガンは人を選ばない、残酷な病気だ。ぼくはこのふたりの女性に、ガンの診断も、ストーマ袋の扱いについても、困難は克服できると話したのを覚えている。ヘザーとアマンダは、ぼくが克服できた病気になぜ負けてしまったのだろう？　なぜ、若い夫であり父親であるテイトがこの病気とまた闘わなくてはならないのだろう？　ぼくはなぜまだ生きているのだろう？　こうした問いを、ぼくはいまも考えつづけ、自分の経験をこうして本に書いている。もしひとりでもこの病気を克服したり、ハンディキャップに負けずに生活したり、手遅れになるまえに医師の診断を受ける人の役に立つのなら、この本を書いた甲斐はある。

ガンと診断された人はみな、それぞれの個人的な苦しみに耐えることになる。ガンはほとんどの人になんらかの点で関わりを持つ病気だ。ぼくとデナリの苦しみを共有することで、ぼくたちの旅から力を得てくれる人がいればいい。人としての尊厳を粉々にするような治療を受け、言葉にできないつらさを味わったが、そこからいまも忘れない重要なことを学ぶことができた。それはガンよりもはるかに大きな学びだった。ほんとうの意味で癒やされるには十年以上の時間がかかった。そして十五年たったいま、ようやくあの苦しみから学んだことを言葉にできる。

医師や患者、介護者は見落としているが、ガンを生き残ったあと、厳しい治療そのものよりも大きな困難が待ち受けていることもある。患者の気持ちは、化学療法の薬剤や放射線治療から回復する過程でジェットコースターのように浮き沈みする。ぽっかりと開いた将来は恐ろしい。何か月も愛情と支えを与えてくれた友人たちが、寛解という嬉しい知らせとともに突然いなくなってしまう。

生きるために繰りかえし害を及ぼす薬物を摂取したため、汗にはあとまで重金属が混ざっていた。感情は十五歳の少年のように喜びから絶望へと激しく揺れた。生き残ったことで、不確かで恐ろしい将来と向きあわなくてはならなくなった。ガン治療のみじめさに耐えて生き抜くためには、座禅をしているような落ち着いた心が必要だった。いつもその瞬間のことを考えなければならず、いま受けている化学療法の先のことは、頭にすらのぼらなかった。

ある友人から聞いた話だが、その人の母親は乳ガンになって生き延びたのだが、その後すぐに自殺をしてしまったそうだ。ガンのあと〝ふつう〟の生活に戻るのに苦しんでいるのはぼくひとりではなかった。

ぼくとデナリの十四年半の友情は冒険と喜びに満ちていた。たがいが障害を乗りこえ、一緒に成長することができた。離婚の苦しみや命を脅かす病気のときも、デナリはそばにいて、人生のそれぞれの段階を通過するのに寄り添い、ひとりの人間として現実と向きあうように導いてくれた。

ぼくという人間が形成された二十四歳から三十九歳までのあいだ、結婚に失敗し、その後プロの冒険写真家、映画制作者としてキャリアを築き、四十歳になる少しまえまでの時間、デナリはぼくと一緒に歩いた。そしてこの世を去るまでずっと、関節の痛むぼろぼろの体でぼくを見守ってくれた。

デナリは、ぼくのことを自分よりもよくわかっているとさえ思えるような特別な存在だった。不思議な力があり、ぼくが世に出ることができたのは彼のおかげだといってもまったく誇張ではない。欠点や弱さも、当たり前のように受けいれてくれた。ぼくが苦境に陥った人に手を差しのべることができたのもそのおかげだ。つらいときにそばにいてくれる特別な犬を飼ったことがある幸運な人なら誰でも、ぼくの言葉をわかってくれるだろう。

デナリは自分の目的を知っていたのだと思う。そしていつも好奇心のおもむくまま、無限の可能性に心を開いて生きていた。

訳者あとがき

——友達にさよならを言うのは簡単なことではない。とりわけ、人生でいちばん深い闇のなかにいたときに支えてくれた友達には。

二〇一五年、アメリカ、コロラド州のカーボンデールという小さな町で毎年開かれる5ポイント映画祭で、こんな紹介がつけられた短い作品が発表された。砂浜に停まるバン。男性が車から降りてきて、サーフィンを始める。そして、ある声が親友の「ベン」との日々について語りはじめる。声の主、犬のデナリは不治の病に冒され、遠からず最後のときを迎えようとしている。残された時間で、ベンと訪れた思い出の場所をめぐっている。それは長くともに暮らし、深い関係で結ばれたひとりの男と一匹の犬の、互いへの別れの挨拶だった。

ショートフィルム『デナリ』は会場の人々の心をつかみ、観客賞と審査員賞を受賞した。オンラインで公開されると、またたく間に圧倒的な反響を呼び、再生回数は千五百万回を超えた。現在も著者のYouTubeアカウントDenali - a tribute to man's bestfriend (http://www.

youtube.com/channel/UCNjORQbG6w6bCmhnmUt-9SQ）で観ることができる。興味を持たれた方はぜひご覧いただきたい。また昨年（二〇二〇年）には、本書を原作としてチャーリー・ハナム主演で映画化されることも発表されている。

デナリの相棒、そしてこの本の著者であるベン・ムーンは、アウトドアやポートレイトを中心とした写真家だ。アメリカ合衆国中西部のミシガン州育ちで、二十三歳で結婚するとオレゴン州ポートランドに移住した。アスレティック・トレーナーとして働きながら、ロッククライミングなどのアウトドア活動にのめりこんでいった。アニマルシェルターからピットブルのミックス犬デナリを引き取り、カメラを買って写真を撮るようになったのもそのころだった。

その後ほどなくして結婚生活は破綻し、ベンはデナリとともに、キャンピングカーを住処にして、季節ごとにアメリカ西部を旅してまわる〝ダートバグ〟の暮らしを始めた。夏は北の国境を越えてカナダに入り、秋から冬には南のカリフォルニア州やアリゾナ州に向かう。同じような暮らしをする仲間たちと行く先々で会ったり、別れたりしながらクライミングやサーフィンをして過ごす。駆け出しのカメラマンとしての収入は乏しかったし、安定や快適さは犠牲にすることになるが、その日何をするかはすべて自分で決められた。

ところが、そんな自由人の生活を楽しんでいたベンを病が襲った。体調不良が続き、決心して検査を受けると、直腸ガンに罹っていることがわかった。家族や友人たちに支えられ、闘病生活に入ったベンをいちばん近くで見守ったのはデナリだった。化学療法で味の変わってしまった汗をなめ、人にはとても見せられないひどい有様を見せても、デナリはいつも変わらずベンの隣に寄り添った。

つらい治療をどうにか乗りこえ、デナリとともに自然のなかで冒険をする日々が戻ってきた。数年後にガンは寛解し、ベンは広い分野の人々とのつながりを得て、写真家として仕事の幅を広げていく。だが、今度はデナリに異変が起こった。背中にしこりがあることに気づき、検査を受けると、悪性腫瘍だと判明する。手術を受けてどうにか克服するが、それ以降、デナリの体は少しずつ弱っていく。さらに喉や耳の病気に罹り、今度はベンが、衰えたデナリを支えることになる……。

この本はベンとデナリが十数年をともに過ごし、自然や人々のなかでさまざまな冒険をし、互いが弱ったときには付き添い、困難を乗りこえてきたメモワールだ。ショートフィルムで垣間見ることのできる彼らの旅が、より詳しく紹介されている。また、ガンの検査や治療の苦しみ、ストーマ［手術によって作られた排泄の出口で、彼の場合は人工肛門］をつけていることによる精神的、身体的な苦労についても、かなり率直に語られている。ガンが治ったあとも、以前と同じ生活が戻ってくるわけではないが、そうした経験はただのマイナスではなく、人との垣根を越えて心を触れあうきっかけにもなる、と彼は語る。さらに、ストーマ袋がはっきりとわかる写真を自身のインスタグラムに投稿し、もし体におかしなところがあれば、検査を受けるように呼びかけている。ガンの治療を受けている人、かつて受けていた人、また身近な人や動物の病に寄り添う人に、ベンの声が届いてほしい。

二〇二一年八月

岩崎晋也

デナリ
ともにガンと闘い、きみと生きた冒険の日々

2021年9月20日　初版第1刷発行

著　者　ベン・ムーン
訳　者　岩崎晋也

発行人　廣瀬和二
発行所　辰巳出版株式会社
〒160-0022　東京都新宿区新宿 2-15-14　辰巳ビル
電話　03-5360-8088（代表）
FAX　03-5360-8951（販売部）
http://www.TG-NET.co.jp

印刷・製本所　中央精版印刷株式会社

ISBN978-4-7778-2845-6 C0098 Printed in Japan